單讀 One-way Street

CUNEI
F●RM
铸刻文化

疼痛之子

蒯乐昊 著

上海文艺出版社

图书在版编目（CIP）数据

疼痛之子 / 蒯乐昊著 . -- 上海：上海文艺出版社，2024
ISBN 978-7-5321-8982-3

Ⅰ.①疼… Ⅱ.①蒯… Ⅲ.①短篇小说－小说集－中国－当代 Ⅳ.① I247.7

中国国家版本馆 CIP 数据核字 (2024) 第 040787 号

发 行 人：毕　胜
责任编辑：肖海鸥
特约编辑：赵　芳　罗丹妮
封面设计：卢俊杰
内文制作：李俊红　李政坷

书　名：疼痛之子
作　者：蒯乐昊
出　版：上海世纪出版集团　上海文艺出版社
地　址：上海市闵行区号景路 159 弄 A 座 2 楼　201101
发　行：上海文艺出版社发行中心
　　　　上海市闵行区号景路 159 弄 A 座 2 楼 206 室　201101　www.ewen.co
印　刷：山东临沂新华印刷物流集团有限责任公司
开　本：880×1092mm　1/32
印　张：7
字　数：110 千字
印　次：2024 年 4 月第 1 版　　2024 年 4 月第 1 次印刷
ISBN　：978-7-5321-8982-3 / I.7073
定　价：49.00 元

告读者：如发现印装质量问题，影响阅读，请与出版社发行部门联系调换。

目 录

001 / 壳

041 / 云梦泽

081 / 疼痛之子

119 / 即食眼泪

147 / 后街往事

179 / Farewell

売

壳

十三岁的时候，我的臂长就长到一米七三了。没错，是臂长。打开双臂，与肩等高，从左手最长的中指指尖，到右手最长的中指指尖，一米七三。垂下手臂，腕纹过裆。用双臂环抱自己，左手能越过右边的肩胛骨，右手能越过左边的肩胛骨，两边指尖还能互相碰见，自己跟自己玩一种缠绕捆绑的游戏。肩胛骨的边缘孤硬，手指从上面划过，像摸尖锐的鱼脊。

我不喜欢上学，在教室里我像个怪物，长手长脚，无处安放。从小学二年级起我就坐在最后一排，可最后一排的课桌并不比第一排更高，我的腿，如果正襟危坐，会硌到课桌的底板。我把它们往前伸，又会戳到前排女同学的凳腿。在一切队伍里我都是最后一个，前面的人比我都矮，从我的角度，瞥见她们乌泱乌泱往前走，我感觉我在放羊，一群黑色小绵羊，咩咩咩交头接耳，毛发里有旋，露出淡青色的头皮。

下学期我就不用挤在这个队伍里了，我们不是一个物种。詹教练说，我测评成绩很好，进省队没有问题。那里我之前去过，离家五站公交，也可以跑着去，就当一次拉练。

省体委的训练中心在城东，那里地势略高，入口七弯八绕，有好几段陡峭的石梯。教练让我们背着手，沿石梯一级级跳上去，小鹿纯子在《排球女将》里就这么个练法。半边坡是挖空的，里面有人防工事。革命年代，人武部还在里面斗死过人。都说这里阴气重。训练中心南侧，是万人体育场，当年施工的时候，发现底下有一座很重要的北朝大墓，惊动了国家级的文物专家，差点让体委另挪地方。不过专家组先后来考察了几次，认为挖掘条件不成熟，决定暂时还是不动，露天体育场馆可以建，无非是草皮和跑道嘛，只要不盖高楼大厦，未来要发掘还是可以的。每次体育场上搞足球比赛，大家就开玩笑：你们这伙泼皮踢轻点儿，不晓得多少宝贝坛坛罐罐，老祖宗在地底下，被你们踢腾得不得安生！

说也奇怪，自从建了馆，只要是本省的主场，在这里踢，十场九赢。于是话风又变了，说老祖宗喜欢热闹，喜欢看球，你们好好表现，北朝时候没足球，不妨碍老祖宗一看就懂哇。也有人说，这儿风水好，离主城区是稍微远了点，但已经知晓的历代都城遗址，这里都在中轴线上，就算不是龙脉，起码也是龙脊，龙尾，龙须须。

另外一些流言，更加荒诞不经，说这里晚上闹鬼，莫名其妙听得到女子在哭。后面的山林里，还有狐子，迷人魂魄。几年前有个悬案就发生在后山，到现在没破……种种奇谈怪论，听来只觉得虚假可笑。不知道为什么，人们喜欢捏造故事，自己吓唬自己。我可一点不信邪，因为我老在运动，老是大汗淋漓。劈面而来的队伍里，一群比我大不了多少的男孩子，穿着统一的跨栏背心和二道杠的蓝运动裤，在哨子声中，跑得像一队训练有素的奔马，呼啦一下，热气腾腾，从我们身边擦过去了。他们平时喜欢对女生吹口哨，高声咳嗽，挤眉弄眼，但此刻不必。此刻他们看都不看我们，因为他们很清楚我们全都在看他们。太阳舔过他们微汗的皮肤，矿石一样发着晶光。阴气太重？笑话！我觉得全世界都没有比这里更元阳充沛的地方了。在这里我不会觉得自己是个异类，这里胖的、瘦的、高的、矮的，都自有其道理。

就拿刚才端着饭盆去打饭的胖姑娘说吧，她壮硕得出奇，身材五短，脸上坑坑洼洼，出了这道围墙，路人会忍不住向她投来异样的眼光。为了回应这种眼光，她外出也穿训练服，衣服上省体委的红字，可以为她豁免非议，让她胖得更道德一些。有时她劈面撞见别人惊愕的瞠视，恨不得能马上转身，把背上的字亮给他们看。但在这道围墙之内，她很自在，胖就是她的优势，腿短而手大，那是老天爷赏饭吃。根本不用解释，我们一望而知，她是现役的重量级举重运动员，而且是非常出色的那种，她的步态和自信的笃定，是长期的成功浇灌出来的。

所有人都清楚，能进到这里来的人，都是因为某种优势。胖是优势，瘦是优势，高是优势，矮也是优势。我们的身体被层层筛选过，我们因优势而来。

"不要耽误学习，知道吗？"妈妈对我说，她把我厚一点的衣服从柜子里拿出来，叠在一起，很努力地要把边缘叠齐，停了一下，又说，"不要跟那些男孩子搞七捻三"。她说这话时不看我，好像我并不在这个房间里，声音很轻，但她那种不齿的态度向我摆明，这会是很严重的错误，严重到无法直视。

妈妈并不喜欢我练体育，在她看来，运动员里粗鲁无文的太多。"你女儿成绩很好啊，升学没有问题，何苦要当体育生呢？"班主任也跟她这样说。詹教练上门做了我妈好多次思想工作，拍着胸脯担保绝对不让我学坏，我差点以为我再也去不了省队了，最后她还是点了头。

第一次拿到工资，我马上跑回家交给妈妈，四十八块五角，还有十八斤粮票。对摺起来的钱币，半新不旧，拦腰用一条窄窄的工资条扎着。纸条比小指甲盖还窄，黑色蚂蚁大小的字，列着细目：工资、营养费、工龄津贴、劳保、高温费、书报补贴……国家想得很周到，许多边边角角的需求，都有专项的钱。我有点骄傲，这意味着我是专业运动员了，住进体委训练中心还不算，一定要等拿到工资，才算坐实了，我是国家的人。我才初中就挣工资，那爸爸走了也不要紧，我和妈妈两个人也能把家撑起来。这么一想，我胸口有点发胀。妈妈仔细把工资条看了又看，钱和粮票点了两遍，收进抽屉深处一只铁盒子里，转上锁。想一想，又去取出来，数出十块两角给我。"这笔是营养费，妈不扣你的，你自己买点好的吃吃。"

"不用。真不用。我们训练中心吃得可好了。"我其实挺想有点零花钱，但此刻不愿意从那份工资里拿回任何一点，好像这样我的功绩就会被扣分似的，它应该是一个完整的奉献。

我并没说谎,吃的是真好。到省队之后,我才生平第一次吃到牛排。我们的伙食有专业营养师负责规划。到了下午,管后勤的阿姨就端着脸盆给每个宿舍发水果。

发水果是一门玄学,最核心的选手分到的苹果总是最好的,又大,又红,光滑没有虫眼。我们宿舍楼里混住着不同项目的运动员,谁厉害,谁不厉害,宿管阿姨竟会分得那么清楚?而且,她来发果子的时候,寝室常常没人,她怎么能精准地把最好的水果发给最合适的人?长时间冷眼旁观,我大致猜到一点。在我们的世界里,一切都被等级化了,开会时的座次、列队顺序都有讲究。首长来的时候,谁有资格献花?日报记者探班,谁会接受采访?谁是主力?谁是替补?这些,都是秩序的一部分,宿管阿姨心里门清。我们就像田忌赛马里,那些被精心驯养的良驹,但主人非常清楚地把这些马分为上马、中马和下马。当初教练排床位的时候,靠窗的下铺都是留给种子选手的,这也是一种特殊待遇,上好的水果,先往那里放,准没错儿。

虽然我对待放在我桌上的小果子,怀着一种黛玉嫌弃宫花的醋意，可我还是很喜欢水果。每天不一样：苹果，香蕉，橘子……初夏的时候，发过一次菠萝，推开宿舍门的瞬间，整个房间腾出难以形容的焦甜味，像引爆了一枚香气的炸弹。还有一次，发下来一种怪里怪气的果子，浑身长满红刺，剥开来却有点像荔枝，入口一抿，一包甜水。听说是海南省代表队来交流，一车皮捎来好多箱。我之前见都没见过，可稀罕。吃完果子，剥成两半的果皮舍不得扔，我把它一只只洗净，扣在窗台上风干，远看像一队深红色的小刺猬。

每天这样的时刻：训练结束，一身透汗，洗个澡，晚饭之后，换下来的训练服已经洗毕，拧干，站在阳台上，把它们一件件挂起来。劲风里有一天残留的暑热，衣服如同听到指令，在风里摆动起来，袖子和裤腿猎猎拍打，像在继续训练。那是我苦练一天所褪下的窍壳，而真正的肉身，此刻已经从蝉蜕里钻了出来，疲倦而清新。天光在日与夜之间，明昧不定，这是处于临界点的时光。风也吹着我，半干半湿的头发。此刻没有任务，没有非做不可的事情，可以啃只水果，望着远处发会儿呆。

但只能一小会儿，等下就得去找队医做按摩，让肌肉里的乳酸尽快代谢掉。跟发水果的道理一样，我们要算好时间。不要去得太早，那是默认要优先给种子选手的时段。

去晚了就要排队。半屋子人，轮流上床。理疗室不大，靠墙放着一张单人床，铺着白床单。墙角站着一个模型，半边是剥出来的肌肉条束，另外半边画着穴位和筋络，脸一半完整，另一半血肉模糊地裸露着眼球、肌肉和血管，蓝色和红色的血管，密密麻麻包裹其上。排队的人对此司空见惯，他们坐在屋子另一边的长椅上，互相说笑。有人等不及，滑坐到地板上，示意队友先给他肩膀上来几下，自己用手快速抖动着大腿肌肉。

"你也学学人家胖师傅的手法呀。"地上的男孩龇牙咧嘴地说。

"那学不了，我有胖哥那身段吗？"坐在凳子上的男孩一边捏，一边嘴凶，"他丫靠重力压下去的，用的根本不是手上的劲"。他按得上心，手掌在队友的肩窝里来回揉碾，像在发面。

胖师傅不搭理他们，他的注意力都在床上那个女孩身上，他个子很高，半个身子都俯下来了，正用手肘在她腰上施压。她脸朝下趴在床上，薄薄一片腰身，倒是非常受力，此刻也不吭声。他手往下移，从后腰到臀部上方的环跳穴,大拇指深深地顶住,力气一点点地渗透进去,女孩终于呻吟了一声。

"等下那边轻一点,这两天老伤又发了。"她的声音从枕头里面传出来,闷闷的。

"我晓得。"胖师傅把她红色的运动汗衫下摆拉拉平,一条瘸腿在地上拖着,从床尾走到床头,在女孩的肩膀上拍了几下。女孩马上知道,这是该换边了,于是爬起来,换了一头躺下,他开始揉按她的另一侧。

"胖哥,被你说对了,真是八一队赢。7:2,大比分领先,全场压着打,你的卦怎么每次都这么准?"

胖师傅笑得有点矜持。时也,命也,运也,非吾之所能也。他们懂什么?

每次理疗室里有男运动员在,胖师傅就显得沉默寡言。如果只有女孩,他的话会多出许多。女孩子们也不避他,来例假了,身体哪里不舒服了,跟男朋友闹别扭了,都跟他说,尤其喜欢找他算命。他学过中医经络,不知怎么也顺便学了点易经八卦,奇门方术,这几门学问,近亲似的。一开始只是好玩,到后来,每到大型比赛,采用什么战术,派谁上主力,能不能拿牌,连教练们都要私下问他一嘴才放心。女生更是事无巨细,屁大点事就要他起一卦,都说他准。

有一次，我加训了一个钟点，去得晚了些，理疗室里只剩下最后几个女孩，胖师傅看没有男生在场，对正在按摩床上的一个精瘦女孩说，"你怎么把胸口给绑上了，这样不好的"。

女孩扑哧一声笑了："被你摸出来啦？"

我听见她哑哑的声音，认出她是田径队的袁菲菲，她很出名，短跑健将，像羚羊一样飞快。她连趴着的样子都比别人好看，屁股那里是一个紧凑的隆起，大腿严肃，小腿微妙，脚踝颀长，脚弓弧度很大。胖师傅在她背上不疾不徐地推着，"你纱布缠那么紧，摸不出来才怪呢。真的，别绑了，会影响发育的"。

长椅上几个女孩吃吃地笑了，袁菲菲觉得很没面子，她粗声粗气地说，"谁他妈的想发育，恶心死了"。

"哎，这怎么说的？你是运动员，得讲科学。身体这么勒着，对血液循环肯定有影响，而且这个位置，也影响心肺功能，肺活量对一个短跑选手有多重要，你又不是不知道。"

袁菲菲不吭声，我倒是很理解她，我也想把我的胸箍起来。上个学期，那里就有些胀鼓鼓的，隐隐作痛，摸上去好像里面有一个扁平的硬块。我听见妈妈跟小姨悄悄说，这小孩，才多大呀，也开始长奶核了。

小姨闻言，飞快回头瞥我一眼，眼光直扑胸前。我很尴尬，她们说的好像就是那个硬块。一个陌生的字眼，核。似乎我曾经是一棵树，现在要开始结果子，果核已经有了，果肉还要等一等。妈妈总觉得我还小，但是我的身高已经是一个大人，真叫人无所适从。我在运动时能享受到身体的快乐，腾跃，拉伸，翻转，奔跑……尽情地出汗，也伴随疼痛，这些我都能熟练应对。其余的时候，我就像住在一个借来的身体里面，这个身体复杂得超出了我的计划，现在它还要发生裂变，不知道什么可怕的事情将要发生。这潜藏的危险，像发现自己身体里埋伏着一个叛军。队里很多女孩穿胸罩了，可我没有，妈妈衡量了一下，觉得我还不需要。她给了我三件罗纹小背心，是上海的表姐淘汰给我的，但是很好看，三件同款不同色，我羡慕表姐，我简直想象不出居然有人买衣服能一口气买三件：一件天蓝，一件粉红，还有一件鹅黄，都镶着洋气的白边，肩头和下摆的镶边是考究的圆弧，我一直穿着。作为内衣，小背心很合适，也有弹性，能把那些令人尴尬的颤动约束在一个可控范围之内。我庆幸它们还很小，但它们总有一天要长大的，完全不可控。

袁菲菲后来跟我成了很好的朋友，这我可没想到。一次训练完，我在澡堂洗澡，她端着塑料盆进来，就在我隔壁。她连洗澡的声音都比别人响，洗完头，在镜前扎辫子，劲使大了些，皮筋断了，我听见她哎了一声，一团湿漉漉的头发散开来挂在肩膀上。

我正好包里有多余的皮筋，掏出来递给她，她愣了一下，接过去，把头发高高地绑了个鬏鬏。"谢你啊，回头还你一个。"她说。

下一次洗澡的时候，她明显在等我，我穿好衣服出来，"喏，给你"。她递过来一个发圈，上面缀着两只蓝色的塑料球。

"这么好看。"我有点吃惊地接过来。我给她的不过是普普通通的黑色橡皮筋。

"拿着吧，我有好几个呢。"她说，我看见她的辫子用一条绣花白手绢低低地扎着，显得头发鸦黑。我们端着脸盆，一起走回宿舍。经过男生宿舍的时候，一排男生站在二楼冲着我们吹口哨。

"神经病，"袁菲菲眼皮也不掀一下，接着她问我，"哎，你练什么的？"

"击剑。"

"哦，击剑。那我猜错了。"

"你以为我练什么的？"

"我以为你打篮球的，你个子高，手臂又长，但你太瘦了，厚度不对，不过你年纪小，可能还没长开。现在你说了我就能看出来了，我们这里练击剑的人太少了，所以我没想到。你肩膀，还有这里的线条不像练篮球的。"她指了指我肩胛骨的侧边。

"这都能看出来？"

"心理作用吧。不过我爸爸讲，从小长时间地做一种运动，最后会改变一个人的样子，也会改变一个人的思维方式。"

"你爸爸？"

"你不知道他吗？他以前是全国短跑冠军。可惜中国人在田径上没什么先天优势，很难成为世界级的选手。从小他就训练我，从我会走路就开始学跑步，他发明了一种不伤骨骼也不伤膝盖的幼儿训练法，还有器械，总的来说就是把我架空起来练，然后就是练心肺功能。不过，我爸不想让我学短跑，他想让我学竞走，他觉得径赛里面，大概这个领域中国人还有机会冲进奥运会。"

"那你为什么还是选了短跑。"

"没办法，我喜欢。尤其两条腿都腾空的时候，如果你足够快,你蹬地的瞬间几乎可以忽略不计,就像飞一样。我经常在梦里跑步,脚是腾空摆动的,动作全部到位,力量都在,在空气里也可以找到着力的点,但是脚不沾地,除了风阻,没有其他摩擦力,人就飞出去了。那种感觉太好了。竞走就完全反的,竞走不允许有两条腿同时离地的瞬间,你速度越快,你看起来就是挤着屁股扭来扭去,两只脚板蹭在跑道上搓来搓去,这太别扭了。你看我的屁股。"

她毫不扭捏地把屁股侧递过来,示意我可以摸一下,我不好意思上手。"你看见这一条肌肉的形状了吗?我就是天生的短跑者。"

我点点头,其实我不懂那条肌肉跟短跑有什么关系。在我看来,那条发达的肌肉也完全可以用于竞走,用于跨栏或跳高。不过袁菲菲说话的时候有一种非常笃定的派头,让你忍不住觉得她每一句话都是对的。她懂的可真多。

因为我们在半道停了下来,她又拧着屁股,楼上的男生们口哨吹得更起劲了。她抬眼望了一望,像突然发现了什么,指着最左边一个蓄着刘海的男孩子对我说,"喏,你看,那个人,他就特别明显,是练乒乓球的"。

我顺着她的指点看过去，那个男孩也在看我，四目恰相对时，我们都愣了一愣。男生们哄笑起来，一起推搡着最左边那个男孩，喔嗬喔嗬地叫着。

我赶紧拉袁菲菲走开，她却茫然不觉，还在继续说说说。"因为那一排人里面，他个子偏矮一点，右臂比左臂发达，习惯性歪头。而且你发现吗，练乒乓球的人，腰胯部的重心比别人低。"她又停下不走了，开始给我做示范，"他们站着和走路的姿态都跟别人不同，就是这个部位，会习惯性下沉，便于快速地左右移动和转体……"她做了几个挥拍的示范动作。

我窘得要死，好在她并没注意到，"我爸爸说，练乒乓球的人，就算退役了，从事别的职业，思维方式也乒乓化了"。这时她陪着我继续往回走，快要走出男生们的目光射程了。我松了口气，觉得有必要流露出一点听众的兴趣。"乒乓化？那是什么意思啊？"

"就是思考问题也像打乒乓，快速反应，思维很密，短兵相接，来不及形成远见，有一种你一拳来我一脚去，你来我往的架势，别人的需求，他们都会接招，日常待人处事也变成急性子。我爸说的。"

我们在宿舍走廊里道了别。很快，除去训练和上课，其余时间我们形影不离。她每天早上给自己开小灶，做加量体能训练，都会叫上我。她起得很早，操场上除了我俩，根本没有别人。尤其冬天，跑道冻得梆硬，我们在一团白茫茫的寒雾之中，锤凿肉身。练完开始出汗，体内的热泉一阵阵涌突上来，化掉皮肤上薄脆的寒冷。这时太阳出来了，其他的队员们也出来了，打着哈欠跑圈。而我们俩已经做完了最后的拉伸，志得意满，站在一旁，袖手而立，有一种提刀四顾的心情，就像是全靠了我们两个赤手空拳才打散那团混沌，袒露出这一整个清晨。

我发现菲菲很喜欢训练我，用一些别出心裁的方法，可能是下意识在模仿她爸。她跟田径队其他女孩子关系并不好，她太出挑，太要强，没法不招人嫉妒，而且她才不想向同伴传授任何秘诀，她们都是竞争对手，将来要被她无情淘汰在身后的人。

"你不要看伍燕现在还比我快那么一点点，那是因为她比我大着好几岁，腿比我长，可是我的步频比她更快，爆发力更好，你瞧着吧，等我再长高五公分，她绝对不是我的对手。我查过她在我这个年龄的身高纪录和成绩……"每天，她喋喋不休的就是这些。

我们互相陪伴了两年。菲菲是个很好的陪练，在她的帮助下，我的运动成绩突飞猛进。轻易不夸人的詹教练，也表扬我：意识到位。队里上新的技术难度，教练先把我教会，再由我带着大家练。"意识到位"是句含糊的话，击剑需要什么样的思维意识呢？我问菲菲，菲菲答不上来，她爸没有跟她讲过这个。她爸当运动员的时代，身边没有练击剑的。

很快，菲菲也教不了我了。北京申办亚运成功，中国第一次举办这个级别的国际赛事，上上下下都很重视，训练场挂起了横幅：贯彻"三从一大"，"两严"备战亚运。我还琢磨着要跟菲菲怎么从难、从严、从实战呢，菲菲却已经被选入国家队，去北京集训了。

我的失望没延续太久，那时候，我有别的事情要操心。爸爸又生了一个孩子，妈妈心绪大坏，甚至病了一场。尽管她嘴上不承认，但我知道，他俩分了之后，爸爸迟迟没有再婚，她心存幻想，指望着哪一天，他会回心转意。

我每周回家一趟，她连饭都懒得做，我们吃她从医院食堂带回来的伙食，盛在钢精饭盒里，那种已经熟过了的饭菜被再次加热的味道，令人意气消沉。为了省电，她开一盏支数很低的灯，灯光暗得像一团阴谋，我看不清楚那些煮得糊涂涂的大锅菜到底是啥，一口一口地扒进嘴里吃着。有时候我听见她低声咒骂，她咒骂的那个女人我也见过，我没敢告诉我妈。上次我看见那女人的时候她正怀着孕，周身胀鼓鼓的，卷发随随便便披在肩膀上，像只慵懒的猫咪，在商店里买毛线。售货员两手撑住柜台，一脸不高兴地瞥着台面，那里已经堆起各色绒线，而她浑然不察，伸手在一团雪青色的毛线里，喜孜孜地搓捻着。我赶紧走开了。

她绝对没有妈妈好看，除了年轻和皮肤白嫩之外，爸爸到底看上她哪点？妈妈是医院里公认的好大夫，吃苦耐劳，认真负责，可现在面对妈妈我也想逃走，她太高，太瘦，太严肃了，浑身都是直线。

我借口队里还有集训，吃完饭就早早从家里出来，跑过一个转角，肖乾已经踩着自行车在那里等我。他多半在抽烟，队里不让抽，但他们偷偷摸摸全学上了。看见我出来，他咧嘴一乐，赶紧把才抽一半的香烟掐了，还剩老长一截，就往地上丢。我跳上后座，揪住他腰间的衣服。"回吧，骑快点！"

他点点头，抬起屁股猛蹬几下，他上身往前这一俯冲，惯性就会带动我整个贴在他后背上，男生们好像深谙此技。车速噌一下起来了，夜风拂面，四周光影浮动，那个黯淡的家，被我抛在身后。

是的。他就是之前站在二楼朝我们吹口哨的男孩。最左边那个。现在算我男朋友。袁菲菲没猜错，他是乒乓球队的。

菲菲走了我当然很失落，但暗中我也松了口气。看得出来，她对肖乾嗤之以鼻。她的态度就好像我们一起逛街时我挑的衣服她觉得丑，只是出于仁慈才没有说穿。肖乾跟我约会机会本来就不多，又要躲着教练、又要躲着她是不现实的。我们不得不在她高傲的监视下碰面，那种感觉就像是你在偷东西却被人看着。

"我们不是说好了，我们要永远进步，永远视男人如粪土的吗？"一次，我因为例假错了日子，训练状态不太理想，菲菲气势汹汹地质问我。

菲菲对我俩有气，我就默默忍了，没想到胖师傅也不满意肖乾。

"乒乓球队那臭小子有什么好？你那么喜欢他？"那晚理疗室没其他人，他用手在我右肩窝里揉搓着，幽幽地说。我突然浑身鸡皮疙瘩，刚想反驳，胖师傅拍拍我的肩头，示意我换边。我披头散发地竖起来，扑到另一头躺下，心里翻腾着没有说出口的怒气。

胖师傅捉住我另一边胳膊抬起，跟往常一样，从肩至腕，一路捏下来，以他的体量，对我的体量，就是老鹰捉小鸡一般。最后到手，五个手指头卡进我的指间，然后用力提抖，松开紧张的指关节，掌心对敲。他的手特别大，特别厚，手心发热，像在出汗。

"女孩开窍太早，身体会发生变化，这里一茬一茬的女生，我见太多了。你现在正是出成绩的时候，不要分心。我会看相，你命里带金牌你信不信？但那小子没戏，小痞子一个，也就卖相好点，没啥大出息。"

"哎呦！你捏疼我了。"我一把把手抽回，坐了起来，"不按了不按了，没伤都被你搞出伤来"。我踢踏上拖鞋，下床就往外走。个死胖子，他怎么会知道我跟肖乾的事？万一他去跟教练告状可怎么办？队里严禁谈恋爱，一旦抓到，要处分的。

菲菲走后大半年，我有了一次进京比赛的机会，我很兴奋，提前给她写信，报告行程。她回信说，她们现在封闭式训练，不能外出，也不能见朋友，不过，她到时会想办法的。

这是我第一次去北京，我、胡娜、童茵被选拔出来参赛，詹教练带队。要坐整整一夜的火车，队里给我们买了一等车厢的卧铺。我之前没有坐过一等，普通车厢分上中下三层，一等车厢却只有两层，被褥也明显更干净。我们仨在同一个隔间，詹教练和队医跟我们隔了几间。我的床位在顺着列车前进方向的下铺，胡娜在逆着列车前进方向的下铺，童茵睡上铺。

我这么一说，你就应该明白，队里对我们夺冠期望值的排序了。

没想到随队医生竟然是胖师傅，胡娜和童茵很开心，她们都喜欢他，闹着要他来我们包厢，打牌，嗑瓜子，嘻嘻哈哈地跟他打趣："胖哥，怎么是你？"

我却有点窘，自从那次之后，我一直有意无意躲他。每次都尽量去找其他队医，哪怕要排更长时间的队。如果实在躲不掉，我就拉上其他运动员一起去。

胖师傅若无其事，他笑眯眯地说，"我夜观天象，你们这次要夺金了。这种好事，我可得来沾沾光，我要在现场看你们拿金牌"。说完，他看了我一眼。

"那你划算了！我们得奖你也有奖金拿的啵，你靠算命拿奖金，算不算作弊啊？"胡娜笑的嗓门太大了，路过的人都朝我们包厢里探头探脑。

那一晚我辗转反侧，轨道上的巨大摩擦声，对我敏感的耳朵来说，是一场酷刑。我忍不住担心，胖师傅跟詹教练睡一个包厢，会不会聊到我？到了后半夜，我才迷迷糊糊地睡过去，这一睡就睡得很沉，像在黑暗的隧道里穿行。

火车开入山东境内，我还没醒，听见喇叭里在叫卖德州扒鸡。"德州扒鸡，百年老字号，肉质鲜嫩，脱骨香酥……"我翻个身，想继续睡，有人大力在推我，我睁眼一看，是詹教练，他神色很不正常，见我醒了，说，"出事了，你跟我来"。

我马上翻身坐起，头撞了一下，才反应过来自己在火车上。奇怪的是，我明明记得自己昨晚是头朝向车窗和衣而睡的，不知道为什么，此刻我却换了一头，头冲着走廊的方向。来不及细想，詹教练还在等我，我赶紧下床，跟他走了出去，一边走一边拔拉着鞋跟。

我们从走廊走向他的铺位，此刻天色尚早，大部分旅客还在睡觉，火车摇摇晃晃，詹教练脸色铁青。我觉得他好像有话要跟我说，还没想好怎么说，我们已经走到了他的床位前。他示意我看对面的床，胖师傅睡在那里。他的睡相不怎么好，被子有一角垂在地上。两位身穿制服的乘警，正在等我们。

那一刻我把脸拧了过去，眼睛像碰到刺激性气体一样挤紧了。我不想细看，那个信息不是被看见的，而是所有周边场景合成的顿悟，我不用看就知道，胖师傅死了。死了。

接下来发生的事，恍惚中记得不太清晰。乘警好像跟詹教练说了些什么，其中一个乘警把我带到过道上，问了几个例行问题，无非是昨晚有什么异常，他平时有没有什么基础疾病，昨天最晚一次看到他是什么时候，当时他在干嘛……诸如此类。我提供不出太多有效信息，乘警也心不在焉，这个乘警看起来过于年轻，下巴上还有不少粉刺，可能刚参加工作不久。他们日常大多是抓抓小偷和逃票的，穿着警服和大盖帽起一个震慑作用，对付这种出人命的情况并不谙练。他们能做的就是保护现场，稳住乘客。

让他如释重负的是，前方再有几站，就要到终点了，他们已经跟铁路公安取得了联系，刑警和法医会在站里等着，接手这一情况。

乘警分别找我们三人问了话，回到铺位，一对情况，我们毛骨悚然地发现，我们全体在睡梦中掉了一个头，之前我们都是头朝向窗子睡的，卧铺上的枕头也都在贴近窗口那一边，醒来的时候，三个人却齐齐地变成脚朝向窗子。

"你们下铺还好说，我这个上铺是怎么翻过来的呐？"童茵一脸抓狂的表情，她晚上睡得很香，什么都不记得。

"他把我们的肩膀挨个拍了一遍。我们就迷迷糊糊爬起来掉了个头？"

"你说，有没有可能，是他还活着的时候来拍的。就是，他觉得有点不舒服，可能撑不过去了，就走过来，拍拍我们，跟我们告别？"胡娜小心翼翼地提出了另一种可能。在她看来，活着的时候把我们拍一遍，总比死了以后再来把我们拍一遍，少恐怖很多。

"那他为什么不推醒我们？他还能走动就应该呼救啊，找列车员求助啊。"

"他不是会算命吗，可能觉得自己命数到了？"

"他要真会算命，这次就不该来。"

"就是，把命送在半路上。"

"本来我们击剑队随队医生也不是他，是他非要跟孙医生换了名额，还说下半年的锦标赛再让孙医生去。"

我们拼命说啊说，用说话驱赶内心的惊恐，好像只要嘴巴在动，脑袋里就来不及想其他。我一向睡得浅，容易醒，此刻我的肩膀在向我提供夜晚的记忆。

昨天，当我们掷下扑克牌，决定去睡之后，在列车行进声中翻来覆去的我，记不记得曾经有一只很厚的肉手在我的左肩上，意味深长地拍了三下呢？两快一慢，前两下像催促，最后一下比较温柔，指腹恋恋不舍，近似抚摸。平时高强度的训练完毕，又洗完澡，按摩的时候倦意来袭，常常按到一半就困翻过去了，但只要胖师傅在肩膀上连拍三下，半梦半醒也知道爬起来翻边，几乎成为下意识里的动作，跟腾跃出剑一样，属于肌肉记忆的一部分。此刻我也分不清楚，我调取的片段，是不是来自昨晚。

我们还在不停说话，到了关键时刻，就显示出我们的幼稚。平时大家喜欢说体育生四肢发达、头脑简单，其实我们并不是头脑简单，能把身体和大脑快速协同的人，绝对没有你们想象的那么笨。只是我们的社会化程度比同龄人低很多，职业体育的围墙之内自成一个小社会，从半大孩子起，我们吃喝拉撒、衣食住行就全在墙里，甚至有些人，一辈子的生老病死都框在这个体系中，我们只需要操心训练成绩，操心一个小圈子里的利益、秩序和人际关系，忘记了更大的生存法。比如说，此刻，我们三个全体茫然，胖师傅的身体还在不远处躺着，后续该怎么办？法医能查出死因吗？之后呢？我们几个要负责把胖师傅再运回去吗？如果要运的话，怎么个运法？肯定不可能再买张火车票让他睡回去了。我们还要打比赛呢。天气这么热，他的肉身还能撑得到我们比赛结束再回吗？是不是应该就地火化呢？我们有权这么做吗？他的亲人会怎么说呢？是不是应该叫他的亲人来把他运回去？我们小声而激烈地讨论着。

没等我们讨论出结果，詹教练又来了，让我们赶紧帮着收拾收拾。车早已到站，其他乘客都下了车。铁路公安低估了情况，只派来了一个人。结果这一个人加上两名乘警再加上詹教练，四个男人都搬不动胖师傅，他们用一块床单把他罩上了，火车上的单人床单太窄，也遮不完全。我们三个女孩在旁边尴尬地站着，没有一个人敢上前帮忙。

"哎嘛，这哥们儿怎么这么胖。"北京来的警察说。

"……比醉了的还难搬。"年轻的乘警硬生生咽下去"死了的"这三个字。

我们以前对胖师傅熟视无睹，平时都是我们躺着、趴着，眼都不抬。现在换成他躺着，才知道他是多么庞大的一座肉山，沉重，漠然，纹丝不动。他的身高也离奇，简直不可思议，四个并不矮小的男人围着他使劲，各擒住他一角，那种无处下手的感觉仿佛盲人摸象，目测他们全体都比他矮一个头以上。

"以前省篮球队的主力，"詹教练咬着牙把他搬动了一点点，"退役之后就发胖了。一！二！三！起！"

他们终于把他从铺位上腾挪出来，要稍微转个弯，转移到旁边的担架上去，这个弯很难转，我担心那个简易担架能不能吃得住他。"就这么看到？搭把手都不会？！"詹教练吼起来了，嗓门很大。

我吓了一跳，赶紧上前，作势要搭把手，手一放上去，我就后悔了。

我手所触之处，是一团冷的皮肉，黏腻，沉滞，使不上劲，他还特别白。我没有哭出来，不过也快了。他终于被　到担架上，所有人都松一口气。胡娜和童茵格外讨好地帮詹教练收拾着背包，胖师傅的行李她们也归置好了，为自己躲过搬运而感到侥幸。

在北京剩下的几天，对我来说度日如年。我每天都睡得很差，半夜惊醒，心脏像被大锤一击，嗵嗵狂跳，一身虚汗。小组没了队医，詹教练亲自上手帮我们做放松，三个女孩也会互相帮着按一按。我害怕触碰到她们，只是不好意思说出口。虽然她们健康、紧实、皮肉汗津津地冒着热气，但还是会唤起那种特殊的手感。瞬间一个黑洞吸走了我全部力气，我想要呕吐，腿脚发沉，手腕发软，出剑变得迟疑不定，尤其是弓步和直刺，技术动作多次变形。我控制不了我的身体，好像它和我的思维意识之间，有一个钩子突然脱开了。我觉得我的手上有东西，某种滑腻、阴寒的东西一直贴在掌心，我不停找借口去洗手。持剑的时候，剑就变成那个阴冷之物。循环小组赛里，因为误判，我频频丢分，到后来完全丧失了主动，只能一味防守，终于丢盔弃甲。詹教练一开始对我寄予厚望，后面越来越不耐烦，他那种压抑着的焦躁，更加重了我的心理负担。我已经无法复述我是怎么一步一步输掉比赛的，那几天我在赛场上的表现，大概只能用丢脸两个字来形容。

我连小组赛都没有出线，被淘汰那一场，我跑着离开比赛场地，逃命一样，不然观众会看见我当众号啕出来。童茵入队时间最短，没有心理包袱，意外地超常发挥，她本来灵巧，胆子又大，詹教练原先带她来，只是让新人熟悉一下比赛，没想到最后她成了我们三个人中唯一冲进决赛并拿到奖牌的人，虽然只是铜牌。

赛程后面几天，詹教练所有的工作重心都围绕着童茵，我渐渐恢复了平静，也能心态比较正常地坐到观众席上去替她加油。我脑中却一直盘算着退役的事，我再也不想学击剑了。

回程路上，我们带上了胖师傅。

现在他是一只圆乎乎的罐子，揣在詹教练军绿色的挎包里。之前要抬他下车那么费劲，现在詹教练一只手毫不吃力地提溜起他，挎在背上，包在身后一下一下地敲打着詹教练的臀部，像在打拍子。

罐子不分大小号。胖师傅硕大的块头，此刻也并不比别人多出一捧。法医的结论是死于突发性心梗，家人同意就地火化。算因公殉职，体委成立了治丧委员会，料理后事。后来在追悼会上，我见到他妈，一个结实的乡下女人，眉开眼阔，腰里扎了一匹白布，哭天抢地往墙上撞，两个男人一左一右，半拉半抱地拽住她。

"当时也是这个女的来的，也说要一头碰死算了。"詹教练声音很低，一脸不以为然。

"当时？"

"你不知道吗？"

我摇摇头，詹教练压低声音说，"这女的不是他亲妈"。

我很迷惑，又仔细看了看，真看不出来，她哭得很投入，我甚至觉得他们长得还挺像。

胖师傅的故事渐渐在我们中间流传开来了。一开始是他在火车上"显灵"的故事，我、胡娜、童茵，提供了事件的最初版本，然后传播奇谈的人们参与了创作，为故事添加了更多细节、更多爱恨情仇，听到故事的人，有时又带着变形了的故事回来向我们求证。

——"是的，我们三个人睡觉的时候全都爬起来掉转了一个方向，太吓人了。"

——"不，不，那天晚上我们没有请笔仙。"

——"哦，那倒没有，他没说过这句话。"

那段时间我频繁应付此类求证，最让我哭笑不得的一个版本，说的是胖师傅迷上了我，为了能跟我一起去北京，申请跟孙医生换了名额。去之前，詹教练曾让他打过一卦，胖师傅言之凿凿，说我这次能拿牌，所以那段时间詹教练对我格外上心。詹教练的职称要动一动了，他急需这块金牌。

跟这些故事一起流传的，是胖兄往事。以前没人提起，现在被挖了出来。胖师傅大名庞鲲，十几年前是省里最有前途的篮球中锋，那时体委大院的条件不比现在，新宿舍楼还没盖，男运动员住在北坡的一排平房里，厕所在几百米开外，男生晚上嫌麻烦，拉开裤子就站在外面迎风滋尿，夏季天热，弄得北坡骚不可闻。指导员骂了很多次，说再抓到有谁胆敢撒野尿的，这辈子就别想当主力了。胖师傅守规矩，那时候他不胖，是个擅长三分篮的精瘦小伙，有望进国家队的，不想为了一泡尿冒险。架不住点背，晚上急吼吼起夜，一路小跑，偏生那夜，路灯坏了，绊到石块，一跤跌下去，膝盖粉碎性骨折。

骨伤乃至骨折，对于运动员来说，也算家常便饭，不过膝盖的粉碎性骨折，对于篮球运动员是致命的。他的职业生涯就此葬送了。他父母来闹了一场，组织上准备了伤残抚恤金，架不住他的继母以头抢地，领导们也觉得小庞这孩子可惜了，最后答应继续留他在体制内，送他去体校，学运动医学，将来还回体委大院，当个队医。

"以前多精神一小伙儿，再回来的时候，就胖得认不出了。本来就块头大，吃得多，训练量一没，彻底歇火，走样走没形儿了，大概也有点自暴自弃，"詹教练摇摇头，"话说回来，家人闹呢，也正常。好生生一个孩子交到你这里,都以为出息了,搁谁也受不了。好多练体育的小孩儿,家里都挺苦的,能熬出来一个,不容易。要再给人退货退回去,多张嘴吃饭,又是个跛子……"

在那之后,胖师傅就信命了,后来研究命理,大概也是自我说服。他跟女孩子在一块的时候喜欢文绉绉地讲话,说些类似"人是命运的囚徒"这样的酸词,可惜我们都是一帮没心没肺的家伙,我们报以健壮的哈哈大笑。

运动员之间传来传去的那些鬼故事,现在添上了胖师傅。有人听见训练大厅外的落地大钟,一连好多天,到了半夜某个钟点,突然发出铛铛铛的敲钟声,而当时既不是整点,也不是半点。他们跑来打听,胖师傅是不是就在那几点几分死的。还有人发现理疗室里被剥了一半的头部模型,到了雨天就湿漉漉的,像在流泪,凑近一看,竟是粉色水珠,如同血泪。女孩子们尖叫着从房间里跑出来,谁也不肯再去那里按摩,连经过都害怕,那间屋子被锁了起来。

所有人都觉得,胖师傅一身冤情,无处舒展的志气,都跟体委大院有关,死后在这里当一个怨鬼,念念不释,十分合理。以前最喜欢讲这些神道故事的人就是胖师傅自己，现在他成了其中的主角，以另一种方式参与编撰。

我的睡眠依然糟糕，有时是噩梦，有时是半宿半宿地醒着。白天，我养成了不断洗手的习惯，即便如此，我有一只手还是潺潺渗汗，奇怪的是，另一只手却完全没有。可惜我并不能用另外一只手握剑。

童茵在队里取代了我的位置，她进步神速。我跟她一起训练，看到她在压剑还击和画圆还击时表现出来的敏捷果敢，教科书般的完美。相形之下，我显得迟疑。如果出不了成绩，我的未来不会比胖师傅好到哪去。

假使不练体育呢？我还能当回一个普通女孩吗？一个高大、结实、在学校会被叫成长臂猿的女孩。我拿我的身体怎么办呢？这具为了专门目的而存在的身体。停止训练之后，它们会遏制不住地发胖吗？我又得住回那个家里，未来变得像我妈一样？这几年投入训练，我文化课已经很差了，回去能不能赶得上？我可以用什么办法，驱赶走那些阴魂不散的东西？我可能以身体的方式，重新完成身体跟头脑的连接吗？我要去做一件事情，也许这件事情，能让那个不散的阴魂从此不再跟着我？

"击剑是一项用脑子的运动,击剑运动员学习都应该很好,剑客最有修养。"小时候送我去学剑,爸爸这样说。如果爸爸在的话,他会不会同意我进体校?不过他早就不在意了吧,我们都是被他甩在身后的人。

做出决定的时候,肖乾被我吓住了。他不停问,你确定吗?平时他吊儿郎当的,没想到关键时刻这么怂。

"我一个人睡不着。"我低头揪着他的手,"真是见了鬼了,我现在每天晚上都睡不着"。

我们在他租来的房子里,互相抱着,手和脚软得跟毛线一样。脱了鞋子他还没我高,不过那会儿我觉得他可能是世界上唯一一个没我高却不嫌弃我高的男人。肖乾确定要退役了,就在下个月。后面可能跟舅舅去学做生意,现在两边越来越松动,他舅舅最近从台湾回来探亲,带来好多礼物,甚至连我都有份:一套非常时髦的粉红色涤盖棉运动服,很宽松,下摆收口,背后用金色丝线绣着亚运会的标志,交叉的长城,据说是亚洲Asia的英文开头A,我看着却像个X。当我们像佐罗一样,完成漂亮的一击,也会挑出一朵这样的剑花。运动会还没开，所有带着亚运元素的商品已经在大街小巷走红——甚至在台湾也是如此，台北队也将重新加入这一届的亚运会。

"我舅跟我说，他还指望在电视上看到我呢，结果我不练了。"肖乾用手指一节一节细抚我的椎骨。"我到顶了。真练不出来了。"

那一晚我终于睡了个整觉，肖乾比我睡得更快，一开始他抱着我，我们长长的四条手臂里总有两条互相硌着，无处安放，但我们硬要这么不嫌麻烦地紧紧抱着，像是一种承诺。后来他睡着了，胳膊松弛下来，进而背过身去。我听见他的鼾声，心里是跌到谷底的安宁。我是一个失败的剑客，我已经被人一剑刺穿。女人都是这么输的，也都是这么赢的。妈妈，你担心的事情终于发生了。

我没有跟肖乾说，实际上，我没跟任何人说。在北京，袁菲菲跟我飞快地见了一面，一见面就抱住了我。我不知道她怎么从封闭营里溜出来的，我只庆幸她没有看我比赛，她是一个严格的教练，绝对接受不了这样的惨败。菲菲个子蹿得更高了，推了一个紧贴头皮的平头，显得脸型棱角分明。她拥有一个流线型的身体，皮肤晒得黑里透红，不管从前面看，还是从后面看，都完全是个男孩子。

"只有飞人乔伊娜才有资格留爆炸头，留花里胡哨的长指甲。"袁菲菲说，"任何一点风阻，对我来讲，都很致命，哪怕就0.01秒，我都不能丢，长头发太碍事。我等下赶紧回去了，我现在这副样子，在外头都不敢进女厕所，人家会喊流氓的"。

她大概已经不绑胸了，她的胸从来没有机会长出来，但我觉得她的身体每一寸都是完美的，每一寸都长成了她想要的样子。离开的时候，她腰身一个轻捷的扭转，让我怅然若失，我太熟悉那个姿态了，她游走了，逆流而上。她就会一直这样，她会成为冠军，并终生保持处女之腰——那是我即将失去的东西，我不得不亲手砸掉的东西。我只是一个普通人，我得学习像普通人那样去使用自己的身体，也像普通人那样，看着自己的肉身坠落，变得肥胖和平庸。

我在黑暗里胡思乱想，同时感到安全。疲倦如水草，缠住我，拉我沉没。身体深处有一种撕裂的疼痛，前所未有，跟任何一种运动性伤痛都不相似，也无法处理。我伸出胳膊，小心翼翼地揽住肖乾的脊背，然后睡着了。

不知睡了多久，一股糟糕的气味冲进鼻腔，奇怪的臭味，像腐烂发酵的豆制品，顽固地挥之不去。睁开眼睛，我发现自己睡在一个陌生的房间，一张陌生的床上，浑身僵硬疼痛，那种陌生的疼痛还在，而且，不知道为什么，我在睡梦中又爬起来调转了个方向，此刻，我正抱着肖乾那双汗臭的大脚。

云梦泽

吃过海鲜卤面，南戏就要上场。乡下没有像样的戏台，化妆间就在主人家厢房，这里本来放了缝纫机、箱笼和些许米面，此刻也已经挪开。一根线垂下一个裸的灯泡，倾出暖黄色，像一个倒挂的光之漏斗，罩住八仙桌和桌边的人。八仙桌上有一个暖蒲包，里面温着茶壶，沏了香片，演员上台之前，照例要漱一口清茶。莲朵扶着长凳，仰面痴看化妆，这个娘子她认得的，她叫云瑶，当地戏班子里永远的女一号，平时是个娇憨的大圆脸。肤色有些暗沉，看脸是个胖子，看身形却又是个瘦子。此刻正襟危坐，倒端庄了，有了仙气。

另外一个婶娘站在后面帮云瑶梳头，她配合地把脸微微侧过去一点，也方便在镜子里端详。耳鬓的片子一贴，变戏法似的，脸型突然一改，什么样的脸，在戏台上都能给贴成鹅蛋脸，什么样的眼睛，在戏台上都能给画成杏仁眼。婶娘用一块很大的海绵，蘸了鹅蛋粉，往她脸上扑。中国人心目中最标准的脸型是长里带圆，最标准的眼睛，也是长里带圆，眼角飞起，阴影斜飞入鬓。吊额的绷带，让这个斜角充满力度。眉腮尽红，像醉了或者刚刚哭过，失控的瞬间，提供很多轻狎的联想，但此刻是控制的。浓妆粉墨的脸，又贴了假睫毛，鸦黑的眼线，放大了眼波的每一个流转，眨一下眼皮都很慎重，眸子看向任何地方都显得意味深长。云瑶看向莲朵，突然朝她挤了挤眼睛，笑了。

梳头娘子手里拿了许多珠翠，按规矩一个一个往云瑶额发上别，今天她要演林默娘，一点错乱不得。发髻是用一个黑色丝网兜起假发来，固定在头上，刚从戏衣包袱里拿出来的时候，莲朵还以为是黑色长筒丝袜。那些廉价的珠翠，又轻又浮，颤巍巍的，在灯光下夺目得不得了，会随着人的动作瑟瑟抖动，发出收魂敛魄的艳光。

妆成，云瑶站起来，理了理水袖，那水袖边缘其实有点泛黄了，不过上了台是看不出的。梳头娘子赶紧倒一杯热茶递在她手里，她只啜了一口就放下了。照照镜子，又轻轻抿了抿嘴唇，怕花了口红。现在她是个纯粹的瘦子了,她身段极好,狭肩蜂腰,骨肉匀亭,是古典美人的样子。可惜脱了戏服就丢掉一半的气派,都怪大饼脸。

"整容好了啦。"从上海回来的燕子跟她说,燕子在医院混太久,这里那里都动过了,乍一看以为范冰冰。她像浪荡儿调戏小娘子那样,用两根手指头掂起云瑶的下巴,品度着,然后拿来眼线笔,在云瑶脸上勾出几根线来,让她照镜子。"喏,你自己看。"

她的脸被黑线分割成了几片,是不同的作业区,泪沟、卧蚕、鼻梁、苹果肌、颧骨、颌骨、法令纹,还有下巴,被划分开来,左右下颌那里,两道斜线外面打了两个叉叉,意思要削掉。颧骨处有一根弧线,打了一个问号,似乎也有可以改进的空间。燕子一只手支着腰:"我同你讲,韩医生就是这么弄的。我日日看,都看会了。我找他帮你打折。"

"痛不痛?"

"要靓就要吃得痛。"燕子的另一只手也支到腰后面去了,不胜重负似的。她那沉甸甸的胸,肯定也做过了。

"也是韩医生做的?"

"那还能便宜了他?不但做,还得免费。你要不要看看？"燕子作势就要解襟。

"哎不要不要。"她吓煞，连忙摆手，又掩嘴笑起来。燕子的她又不是没看过，学戏时候，每个礼拜都一起洗澡，互相比来比去，怎么现在就慌起来？她怕那个肉体呼之欲出，陌生又完美，好像衣服一撩开，里面却尽传来些外头世界的信息。

燕子肤白，隆了胸之后，更加有恃无恐，上上次回来是夏天，穿件低胸T恤，白花花的脯子，倒像双球奶油冰激凌，在太阳底下一晒就要融化，村人眼都直了。她给云瑶看她的一根项链，银色水波纹链子，底下横吊着一行金属字："别盯着我的奶子"。戴起来就悬在乳沟上面，严词拒绝式的调情。也是炫示。两个人拿着项链笑了半天，都笑抽了，奶也跟着花枝乱颤。

"你真戴啊？你胆子真大。"云瑶说。但进村前，燕子还是把项链摘下来，收进了牛仔裤兜里。

云瑶也去过一次上海，在天蟾大剧院演出。本来不可能有她的份，市剧团的牟团长想了办法，借个扶持乡村戏剧的由头，把她算成B角，说去见见世面，演了几个不太重要的白天场。牟团长还单独请她，领她开洋荤吃西餐，餐厅很小，但听讲牛排出名，服务员穿着硬领，说话都夹外国词。雪白的墙壁，雪白的桌布，透明落地窗上几根黑色线条，勾勒出一头牛的侧影，牛身上被黑线分成很多片区，每一个片区里都填着一个英语单词，也许是法语，反正她都不认得。但也知道是分门别类的肉，供人们有的放矢地吃掉。团长让她点，说不同部位都有讲究。她不好意思多问，怕服务员看穿自己无知，给牟团长丢脸。再高级也无非牛肉嘛，乡下人怎么还会不懂牛肉呢？我们不但吃牛，我们还养牛，还杀牛呢，不过叫法不同罢了，比如我们管这一块叫吊龙，他们懂吗？这么想着，她就大起胆子来胡乱指了一指，给自己点好了菜——真不见得有多好吃，缺油少酱的，刀一切血水就洇到盘子里，她硬着头皮叉起一块来搁进嘴里，不出声地嚼着。燕子让她照镜子的时候，她看到自己脸上切分的黑线，突然想起那头牛。

  鼓点越敲越急，该她出场了，她还在这胡思乱想，好在戏是熟的。云瑶提一口气，出去就是个碰头彩。乡亲们还是好说话，只要热闹，稍微有一点点荒腔走板，问题不甚大。莲朵刚刚在厢房，此刻已扒在了台前，她喜欢看这出戏，尤其是林默娘说服阿妈，誓言自梳，终身不嫁那场，暗暗把台词记在心里。戏里林默娘有个小跟班，是个身量娇小、扮相灵俏的女子，梳双髻，类似白娘子的小青、崔莺莺的红娘，名叫小莲，默娘在台上念白，每唤一次"小莲"，莲朵就在台子底下，轻轻"哎"一声。

莲朵大名"何家莲"，听起来像个端庄、贤惠的中年女人，就是她长大以后应该成为的那种女人，这个地区所有女人都默认应该成为这样的女人，尤其她是家中阿姐，下面还有个弟弟，名叫家康，比她小着两岁，也快上学了。

弟弟是家里最重要的人，从小莲朵就明白这一点，家里倒没人这样专门讲过，但这何须讲呢？难得吃一回鸡，弟弟和爷爷先吃，鸡腿和翅膀都归弟弟，男仔要立，要飞，要顶门壮户，这是彩头。莲朵胃口好，菜一上桌就要伸筷子，母亲白她一眼，用筷头在她筷子上"笃"地敲一下："这么胖了还吃！"弟弟瘦，挑食，莲朵眼巴巴地看着他很嫌弃地把鸡腿在碗里翻来翻去，尝一小口都像赏脸。她鼻子都皱起来了，可她能哭吗？不能。毕竟妈妈和奶奶也还一口没吃呢。

莲朵年前发了一次高烧，很吓人，身上滚烫滚烫，阿妈煨了米汤喂她，只喝一口就吐出来，吐的比喝的还多，后来发现她口吐白沫，翻着白眼抽搐起来。当时是夜里，送医院是来不及了，阿妈赶紧抱了她，就往村东头的金寡妇家跑。

都说金寡妇是个狐仙，村里人对她有一种又敬又怕的情意。正经的祭祖、拜神、嫁娶、上梁、家宅开光，都不找她，她的灵验是另一路的：疑难杂症，保生男胎，惊风辟邪，失了物件求找回，打小鬼，沟通冥界，看阴宅，妇人斗小三，给自家男人破桃花。这些事情，找金寡妇就挺合适。

莲朵打小明白，神仙分体系的。大大小小的事情，也都有一个分管菩萨。让土地的归土地，灶王的归灶王。山有山神，树有树精，在野地里正玩着，突然看见某棵大树底下正正经经布了三块石头，置成一个简单的案，这棵就是成精的老树，有人供拜过的，要敬它三分，绝对不可以去踢翻石块或在树下撒野尿，那是大忌。每家每户都有家宅神，矮矮的龛笼砌在自家门前，并不比一个鸡窝高出多少，可是侮慢不得，里面供着土偶，每日香火供奉。土偶大多塑得简陋，但祭拜的人并不因此减其虔诚，因知那泥胎只是个象征物，不论多么寒简，背后也象征着一个端庄的世界，那庄严世界里的规则和律法，不被有形之物所拘。庙更正式一些，但也十步可见，你尽管去庙里求告，你的心愿，神明应不应许，就得看你的福报了。福报这个东西很难讲，像是一种积分，你自己看不见，却有人替你在暗处不爽不错地加减乘除着，跟你这辈子表现好不好也没有绝对关系。"前世作孽呀！"奶奶经常这样说。

而金寡妇对应的是另外一个门路的神通，甚至可以说是一种作弊，很多在神明面前不方便开口的需求，开口了也不见得能实现的愿望，到金寡妇那里就能应急，能通融，只要花钱就行，那是给人行方便的，是神秘世界的后门。

金寡妇一张煞白脸子，隐隐有些发青，尖下巴，两只丹凤眼生来就斜，且斜得古怪，一只眼珠向左，一只眼珠向右，是斗鸡眼的反义词，颧骨上几粒雀斑。她其实长得不难看，细看五官还有几分俊俏，只是背道而驰的两个眼乌珠太吓人了。她别过脸去的时候，你觉得她在看你，她正经对着你说话，你反觉得她看的是你四周，她的眼珠确凿地绕开了你，那副错愕又分裂的样子，像在你身边已经看到了甚为不祥之物。方圆几十里内唯一敢娶她的人是个逼急了的老鳏夫，果然没几年就不明不白地死了。

金寡妇探出鸡爪也似的枯手，在莲朵额头上摸摸，又在她头顶囟门上空撩了撩，好像那里有看不见的东西似的。"不妨事，你把娃崽摆在我这儿，你们统统出去，把门关紧，我不叫进来不要进来。"

阿妈不放心，迟疑着不肯撒手，金寡妇也不说服，只是冷笑一声，自顾坐下喝水，言下之意是你不急我当然更加不急。莲朵实在不好，鼻翼抽着，脸红得像一块火炭，都快闭过气去了，阿妈才一狠心把她搁到金寡妇的床上，转身出去了。

照阿妈后来跟莲朵的说法，前后可能也就二十分钟光景，不过焦心得很。只听见金寡妇房间里面传出来奇怪的声音，不晓得搞些什么名堂，一会儿像个男人哑着嗓子骂人，金寡妇在跟他对骂，一会儿又像铁勺子刮锅底，间或不知野猫还是狐子哀怨地呜咽几下，还有水泼在炭盆上的滋啦声，阿妈急得直搓手，恨不得夺门而入，又怕冲撞了鬼神，这时，莲朵"嗷哇"一声，听不出是哭了还是呕了，房间里嗵、嗵、嗵、嗵，传来很多人同时跑步的声音，急行军一样，突然又都静下来了。

再抱回莲朵的时候，果见睡得大安稳了，脸色平和下来，摸着也不似先前那般烫。金寡妇倒是个讲科学的人，她说，邪祟是去了，药还是要吃，两样事情不矛盾，现今已经不碍了，明朝白日再到镇上医院抓药不迟。

临去的时候，一向冷言冷面的金寡妇竟有些不舍，拉着莲朵的阿妈一笑，说，你这个女子，有些灵性，我没儿没女，今晚见了她，倒合了眼缘，就认我做个契妈可好？将来我传她道行，包她一世吃穿用度不愁。然后拿起谢礼钱就要退回。阿妈心下尴尬，都说金寡妇是巫，又是个绝户，这种偏门本事，不学也罢，可此刻不好出口，只能支支吾吾，说改天等孩子病好再来，硬留下礼金，抱起莲朵跑了。

每次说完这个，阿妈都要关照莲朵，以后不要去村东头玩，别让金寡妇瞧见你，听到没有？认契妈的事情自然是不提了。阿妈提心吊胆，怕驳了金寡妇的面子，惯使妖术的人，谁知道会不会暗中使坏？说也奇怪，莲朵的高烧好了之后，新添了梦游的毛病。有几次，阿妈看见她晚上爬起来，以为她起夜，但她直勾勾地在房间里走，走到窗前有月光的地方就站住了，尤其是满月之夜。阿妈不敢出声喊她，都说梦游的人惊不得。莲朵一动不动，月光洒在她身上，肩膀垂下来，像站在一个半透明的通道里。好在她也没别的幺蛾子，站了一站就回去继续睡。第二天问她，她什么都不记得，白天也一切如常。小人家神经不全，长长会好的。阿妈这样想。

　　那一年时气不好，海上风浪很多。到了夏天，天气预报里报了特大风暴，号称将是十年不遇的地表最强台风。家家户户如临大敌，莲朵的阿爸专门请假回来，给祖屋加固了屋顶，椸子棂窗也拿水泥重新抹过。真到了预报里台风过境的那几日，大雨滂沱，雨水几乎是横着来的，鸡鸭鹅受了惊吓，齐齐跳到窝顶上立着。乡里早有准备，单位放假，学校停课，水库和河堤加垒沙袋，连赈灾款都暗中留了预备，没想到台风竟然主动削弱来势，提前拐个弯，在海湾处擦着边过去了。临近多个乡村，除了刮断几棵大树，砸坏一些广告牌和大棚，近海养殖户被吹掉一两个圈的贻贝之外，没有太大的伤亡损失，人畜平安。

　　"阿弥陀佛，妈祖保佑，往年要摊上这样级别的风雨，那是连牛都要漂走的。"大伙儿喜气洋洋，倒像平白无故赚了，天后宫香火尤盛，几乎门槛踏破。其时已是盛夏，农历三月廿三的妈祖诞早已过了，乡人提议，干脆，邻近几个乡镇联合起来，今年趁九月初九的妈祖成圣日好好庆祝一番，规模整大一点，隆重一点。

庆典里的重头是妈祖游街和妈祖戏,今年又新添了海滨放烟花。浩浩荡荡的游街队伍,舞扇、腰鼓、高跷……中间是穿红着绿的壮汉扛着妈祖供众人瞻仰。为了突出妈祖成圣的过程,今年还要额外物色两名出众的女子,一并坐在轿子里扛着游街,三台花轿里分别是童年林默娘、少女林默娘,和成圣后的神仙妈祖——此时,她已经从活生生的凡人成了金身雕塑。

几个村的议事长老左挑右挑,童年林默娘他们选中了莲朵出演。

一是八字相合,二是家世纯良,三是扮相肖似,第四条理由不上台面,轻易讲不出口,但长老们心里有数:四是金寡妇说过,这个孩子有些灵性。

"你扮妈祖?还要游街,他们对着你拜吗?"莲朵的弟弟都惊了,他有点后悔一个星期前硬抢了姐姐的竹灯笼,"那你晚上还能帮我打洗脚水吗?"

村里已经送了新做好的衣裳来,大红的绣缎,上面缀着织金。都说妈祖爱穿红,年轻时候就是一袭红衣,在海上疾行如飞,救苦救难。莲朵奶奶用手细摸密密凸起的绣线,衣襟处是九层海浪,飞溅的浪花都是珠片,啧啧叹着气派,一口气给莲朵的红糖水里多打了好几只鸡蛋。妈祖小时候也会梦游的,她阿妈见她晚上起来,手里死死端住一只玩具小木船,千方百计要扶稳它,阿妈哪里晓得,娃崽的阿爸当时就在船上遇到海难,结果出声一喊,惊了默娘,可惜那个时候,默娘还是肉身凡胎,道行不足,手一打晃,船就倾了半边,保住了阿爸,阿兄却被大浪卷走。莲朵听得痴了,好像那是她的戏份,她如何坐着不动就演出这份苦情?奶奶接着叮嘱说,坐上去了,那就是万众瞩目,人家看你,你不能看人家,要有个坐相,乱动不得,不管轿子怎么抬怎么走,上身不要跟着晃,眼乌珠不要东张西瞧,不要贪图看热闹,弹眼落睛,不要痴笑,身上哪里痒了,别拿手去挠,忍着,千千万万,这是好大的体面,要有个样子,散场时候,如果给你们分供桌上的供品,记得揣点回来,全家人讨讨妈祖的福。

　　那是莲朵记忆里盛大的一天。奶奶的担忧是多余的,她没有机会嬉笑乱动,沉重的凤冠、首饰和巨大的礼仪阵仗把她屏住了,古装太周全了,大夏天的,她浑身都是汗。天后宫的住持师父借给她一套项圈和镯子,铜鎏金,上面挂着厚厚的锁片和如意铃铛,锁片里镶了些物事。她脸上被画了很浓的妆,像年画里的娃娃那么喜人。锣鼓喧天中，许多人脸在她眼前一闪而过，她根本看不清谁是谁。

扮青年林默娘的就是云瑶，她跟莲朵不是一个乡的，但经常来演出，人缘儿很好，晚上的妈祖戏也是她演。她们起了个大早，天不亮就到天后宫，从容穿戴梳妆停当，等着轿子来接。大殿高处挂着四个巨大的檀香盘，垂下来，燃了一夜，细细的香灰从空中飘落，满殿沉郁的香烟缭绕，许多临时请来帮忙的婶娘走出走进地忙着，张罗着各色供品。供桌上放满各种不同形状的船只模型，两边墙上也挂了不少，新船下海之前，照例要做一尊一模一样的模型呈进天后宫，放到妈祖的眼皮子底下，请妈祖认上一认，之后好照拂的。莲朵很想拿下一只来玩，但又不好意思。原本高高供着的金身妈祖像此刻已经被请了下来，移在一台红木轿板上，四周杠子上都绑了红绸，塑像全身披挂一新，胸前两朵粉色大团花竟是用好几张百元人民币折出来的。莲朵第一次近距离端详妈祖的脸，以前放得太高，只有一个模糊的印象，觉得跟王母娘娘差不多，也有点像观音。凑近细看，妈祖更娇些，像个贵气的官太太，饱满的鹅蛋脸，吊梢丹凤眼，眼睛半睁半闭。莲朵心下品度，觉得还是云瑶好看一些。云瑶笑着走过来，轻刮一下莲朵的鼻子："我认识你的呀，小妈祖，听说你也通灵哦，我问你，你可会算命不会？"

莲朵摇摇头，闻见她身上有一股非常好闻的味道，甜丝丝的像是某种果子。要是阿妈身上也有这种味道就好了。但阿妈太忙了，收芋头，积肥，春齑，喂鸡，腌鱼，一天到晚手不停脚不停，莲朵有时候扑进她怀里会嗅到抹布的味道，哪怕她当时并不在洗汰着什么。

莲朵没想到她会在天后宫里看到金寡妇，她吓了一跳，自从阿妈跟她讲过之后，她很听话地从来不去村东头，每次看到金寡妇，远远就躲开了。今天却偏躲不掉，大堂上一览无余，金寡妇肯定早就看到她了。她有点窘，但马上想到可以按照奶奶教她的坐上花轿后的法子：眼观鼻，鼻观口，口观心，在意念里感觉自己闭合了起来。

好在金寡妇并不是冲着她来的，她朝妈祖拜了一拜之后，马上跟云瑶攀谈起来，她们俩像是约好的。莲朵听见云瑶亲亲热热地说："哎呀金姨，劳动你跑一趟，老早想来找你，我也不知道今天到底啥时候能空下来，好像也只有这个时间在这里保险一点。"

她们的交谈很快变得很小声，几乎是在咬耳朵了，莲朵稍微放心一点，抬头偷眼瞧了一瞧，发现金寡妇跟云瑶窃窃私语，表情很严肃，一只眼睛却正在盯着自己！她吓得心咚地大跳一记，但马上反应过来：金寡妇是斜眼，她看的不是我。这时她耳朵里听到云瑶几乎是用气声在说话：可他都已经有老婆了……

金寡妇没待多久就走了，临走前递了个东西在云瑶手里，又交待几句。云瑶看也没看，手腕向内一折，飞快地把那样东西揣进袖子里。莲朵根本没看清那是什么，金寡妇就朝她走来了，带着她那种古怪的神气。

"这是什么？哪来的？"她对着莲朵的胸口厉声问道，眼睛斜向两边。

"啊？"莲朵反应不过来她指的是啥，衣服吗？

金寡妇的手伸过来，一把托住了她沉甸甸的金项圈，另一只手捉住她的手腕。"这两样东西哪来的？"她把项圈上的金锁片抚弄一下，翻了过来，铃铛发出脆响，金寡妇的容貌马上柔和肃穆起来，"阿弥陀佛，今天见着真神了"，她说，然后一手托着项圈，另一只竖起手掌，对着项圈颔首拜了一拜。莲朵愕然，金寡妇的头凑得这么近，都快贴到她胸口了，她看见她头顶心旋涡周围的头发，又细又黄，稀碎，她根本没来得及答什么，金寡妇已经走掉了。走之前，她用她的方式，深深地注视了莲朵一眼——也就是说，她用两只眼珠的弧线，包围了莲朵一眼。

轿子来了，钟磬毕，婶娘端出热茶和吉祥粿，请她们吃了上轿，云瑶只象征性地尝一口，莲朵却连吃了好几块不同馅儿的粿。趁婶娘收走了盘子，莲朵鼓起勇气，笑嘻嘻地趋前，偷问云瑶："刚才金姨给了你一个什么好东西？能给我瞧瞧不？"

云瑶举起一个手指头摆在嘴上，做了个噤声的手势，然后掏出一个金黄色的小玩意，递与她看，悄声笑道，"你眼睛倒尖，给你看看也不妨，就是个玩具，没什么的"。

莲朵见那是一对铜公鸡，每只有一个蜜桔那么大，尖尖的喙，鸡冠支棱着，她刚想伸手摸一摸，云瑶却连声哎哎哎，把她的手挡开了，重新把那对铜公鸡抄进袖子里，脸上甜蜜蜜地笑着哄她，"等下再看，吉时已到，该出发了"。

莲朵狐疑地坐进轿子，她才不信那是玩具呢，云瑶姨都这么大了还会跟金寡妇讨玩具么？看她们交头接耳的那个样子，她根本不像她看上去的那么开心。

没错，那是莲朵记忆里最盛大的一天。但她不愿回想起那天，那一天的记忆跟许多并不愉快的事情混杂在一起，最后变成了硌人的固体，事后不小心想起来，脸就会扭成一团。晚上，看完戏，村人都散尽了，她吃了夜宵，卸了钗鬟装束，收下了主事者塞的红包，向天后宫的师姑交还了金项圈和镯头。她记得奶奶交代的事情，在布袋子里装满了婶娘们给的供果、酥糖、米糕，还有几听旺仔牛奶，这个牌子的吃食饮料，因为带了个"旺"字的彩头，是沿海一带供桌上的必备品。她脸上的妆都舍不得洗，一路跑回家去。她想着问问奶奶，铜公鸡是什么意思，派什么用处。弟弟一直很兴奋说要等她回来，还没等到就已经睡过去了，爷爷奶奶的房间也黑着灯，只有灶房还亮着，阿妈肯定还在做活。她兴冲冲一头跑进去，却看见爷爷和阿妈扭成一团像在打架，爷爷站在阿妈身后，把阿妈顶在灶台边，阿妈挣扎着要把爷爷的手从身上摘下来，但爷爷力气更大。他们俩都没看见她，直到她哭了起来。

爷爷明显是醉了，一张老脸涨得通红，他喷着酒气，走过来踹了莲朵一脚，直接把她踹坐在地上，从她身边走过去了。阿妈满脸怒气，嘴里低声地咒骂着，畜生，全都是畜生。莲朵以为她是来扶自己，结果阿妈走过来，也没头没脸地扇了她一把，又在她身上踢了两脚，气噔噔地走了。本来不是他们两个打架么，为什么现在全都来打她了呢？她哭得更大声了，眼泪混着极浓的胭脂淌下来，像在脸上划出一道道血印子。

世界上的大人们全都不开心，而所有的大人里面，女人又更加不开心，所以我们才需要许许多多的神仙，但这么多神仙，也搭救不尽全世界的不开心，这是生活教会莲朵的道理。那是无法理解的一天，而那一天里的荣光、委屈和费解到了第二天全部自行消失。她摘掉了金项圈，也不再是小仙女，不会有人抬着她走路，她得彻底忘掉这些，不然没法甘心出门去割草、拾柴，穿最平凡的旧裈。就像妈妈，无论发生了什么，也照常得清洗全家人的衣服，低头坐在后院，在一个大木盆里支块搓衣板，面无表情地使劲搓着，其中当然也包括爷爷的裤头。莲朵再没跟任何人提过铜公鸡的事情，她不想知道了，对大人的世界，她彻底丧失了好奇。

又过了不到一年，奶奶死了。跨过门槛的时候，她被绊住了，跌了一跤，额头磕在石板地上。送到医院去，做了全身检查，医生说，皮外伤倒也罢了，主要是她身体里长了癌，癌细胞已经弥散，手术没啥意义了，不如回家，想吃点什么就吃点什么吧。其实她也吃不下什么了，镇日只是奄奄地躺着。有一天，奶奶忽然来了胃口，眼睛亮亮的，提出想喝一碗热乎乎的猪肝汤，猪肝要嫩一点，切薄片，烫一滚就起锅，多多地撒些白胡椒。阿妈听了，马上撂下手头的活计，一路跑着去买猪肝。灶房里很快飘出了猪肝汤的香气，阿妈还放了芫荽，真香！还隔着两间屋，奶奶一下子就闻到了，嘴角很满意地弯了弯，随后就闭了眼睛。

莲朵不确定弥散是什么意思，听起来像雾，大概是说奶奶的身体里有一团悲伤的雾，慢慢地，这团雾越来越大，就把人吞没了。阿爸连夜赶回了家，猪肝汤也没有浪费，他们全家人一起喝掉了那锅汤，除了奶奶。

弟弟平时骄纵又淘气，丧事上却相当知礼，披麻戴孝，哀哭得让四邻称羡，摔火盆、捧遗像也都是他，"孝子贤孙"，他是贤孙。但奶奶生前最后一句话是留给莲朵的。阿妈奔下厨房去做汤，嘱咐莲朵和家康陪在奶奶边上，好生守着。奶奶平时宠极了阿康，此刻看都没看他一眼，只对孙女说：莲朵，孝顺你阿妈，你妈不容易。

阿爸这次回来，老了很多，头上添了白头发，人也好像凭空矮掉一截,他跟阿妈都是心事重重的样子,莲朵觉得他们似乎在暗中商议什么要紧的事。尤其是阿妈,老用担忧的眼光看着她和弟弟。莲朵假装头疼,要早早关灯睡觉。她和弟弟还睡在同一个房间里,家康说这才几点,不肯去睡。莲朵就说,你这两天丧事太累了,人太累会得癌的,奶奶就是一辈子累出来的病,你就算睡不着,也得闭着眼睛养养精神。家康信以为真,想想自己这几天确实哭得两眼乌青,作酸作痛,于是上床躺下。她如愿熄了灯火,知道他头沾枕头就会睡着的。果然,不一会儿,弟弟的床上就传来了呼噜声。等爸妈相信他们确实都睡着了,开始在外面说话,她马上爬起来,把耳朵贴在房门背后偷听。这样听了几天,她就听出点眉目来。

大概的意思是阿妈想跟着阿爸一起去城里打工,以前家里上有公婆,下有子女,需要人照顾,现在奶奶死了,变成阿妈要带着两个孩子跟爷爷单独住在一起,她就死活不情愿。"再怎么讲公媳辈分,也是孤男寡女,没有这个理,你爸什么德行,你又不是不知道。"阿妈板着脸说。

阿爸的态度很摇摆。去城里呢,当然好,两个人挣钱,互相也有照应。他有工友是带着老婆的,平常有人知疼着热，老婆就在工地上帮忙做饭和保洁，也有一份工资，日子安逸得多，攒钱也快。莲朵妈又吃得苦，进城无论如何，给人当钟点工的活路总是找得到的，下钟了就能顾得上自己的小家。但是他本来住工地宿舍，里面全是男人，要是带了家眷，就得自己出去租房子住，这就是一笔开销。更别说带了老婆就得带上孩子，指望爷爷一个人在老家带两个崽是绝对靠不住的。两个细崽，如果都要在大城市里念书，这什么概念？

他们应该已经在爷爷面前探了口风，爷爷大发脾气，他被人伺候惯了，老伴刚走，尸骨未寒，居然就要被抛下当孤家寡人？家里没有个女人，成何体统?!你们指望我自己烧饭扫屋补衣服？

于是爸妈进而商量起另外一种通融方案，带家康去城里读书，城里贵是贵，教育条件是要好些，将来出息了，这钱就没白花。让家莲留下，家莲懂事，又能干，里里外外家务都来得，简单的饭菜也会做了，跟爷爷搭把手，再拜托四邻帮衬照顾一点，日子就能过下去。读书能读就读，女孩子嘛，将来总归是要嫁给别人家的。

莲朵听见阿爸阿妈互相打气，互相说服，越说越有道理，越说越觉得是个办法。她靠在门板后，心下凄苦，浑身都软了。

妈祖，我这个不是船上海上的事情，你也管得吗？你救苦救难，大慈大悲，求求你救救我，求求你让阿爸阿妈不要丢下我。第二天，莲朵一个人带着热孝跪在天后宫里，心里默默央告着。她演过小妈祖，也许妈祖还记得她，就像她记得每一艘船只那样。

她把她知道的神明都在脑中过了一遍：土地公和灶王爷应该管不了；家宅神也许跟爷爷或爸爸的交情更久，不见得肯听她的；关帝是个拿着大刀的大老爷们，负责求财和得胜，似乎也不分管这些事；在她生活的山川大海之间，飘飘荡荡，挤满了肉眼看不见的生灵，无论是门神、山神、灯神、酒神、树精、花妖、河伯、金蟾、锦鲤、龙王、灵龟……好像都分担不了她的哀苦。拜观音应该是有用的；拜祖先可能也有戏，死去的奶奶说不定会站在她这一边；还有妈祖，妈祖肯定会保佑她的。她们都是女人身，一定知道女孩子的难。她挨个走进她能看到的每一个庙，不管里面供的是哪路神仙，一进去就跪下，把额头长时间地抵在蒲团上。

她把能拜的全都拜了一遍，最后想到还有一股神秘力量可以倚靠。她们家乡这一带，背山面海，每年夏至之夜，人们会夹着凉席细枕，打着手电筒，步行到附近的一个山洞里去睡觉。那座山叫无相山，山洞就在半山腰，是一个天然涵洞，洞口是郁郁葱葱的绿植，望之眼前一亮。洞里冬暖夏凉，夏天睡在里面，清风徐来，不生汗渍。半山腰的海拔其实并不高，但因为山体盘曲的走势，夏天海面蒸腾的水汽在这里积散不去，山洞里竟然云雾缭绕，仿佛神仙洞府。传说梦神就在无相山，夏至这一夜，人们在这个洞穴里睡觉，把自己的梦境作为供品，献祭给司梦之神。如果这一夜里做的是祥和的梦，那这个梦必会美梦成真；如果做的是噩梦，那也有指点迷津、趋吉避凶的意义，做梦者往往赶紧下山，或做法事，或捐功德，以求消灾免祸。

成年人对自己发美梦的能力不大有信心，往往喜欢带上孩子，尤其是七岁之前的孩子。细崽心明眼亮，囟门未合，天眼未闭，心到神知，发个好梦！大人们都这么念，像是口诀。他们还会把自己的愿望，绘声绘色地反复讲给小孩听，用一种纯视觉的方式去讲，方便孩子们一倒头就梦见。

"你就看到你阿爸站在一棵摇钱树底下，好多好多金元宝，金光闪闪，哗啦哗啦，好似落雨，从上头齐齐落下来，全部砸在阿爸身上，啊呀，发达！"

"阿妈肚皮变好大，里头一个男仔，胖乎乎，笑嘻嘻，聪明绝顶。"

"所有考卷上头，统统都是一百分，阿叔戴个博士帽，站牢校门口，是清华，记住了是清华。"

"祖屋变大楼，五层大楼！外头贴瓷砖，里头有抽水马桶，铺花砖，转角楼梯好气派……"

每年夏天，人们在洞里面，铺好凉席，细心的人点起了蚊香，集体露营似的，全都在给孩子激情说戏，订制梦境。

大人说得投入，唾沫横飞，小孩子你看看我，我看看你，捂着嘴巴吃吃发笑，他们当是玩耍。萤火虫飞来飞去，像仲夏的一个余兴节目，空气里尽是花露水和痱子粉的香气，间或飘过一团云朵，<u>丝丝絮絮</u>，大型棉花糖似的，孩子们一阵兴奋地尖叫，跳起来伸手去扯，明明好像抓到了，摊开手看，却是空无一物。卖小吃的货郎担前后脚追了来，停在洞口兜揽生意。这个时候孩子提出要买啥，往往是会得到满足的，大人鼓励地看着他们吃，希望他们吃开心了，能做一个开心的梦。

莲朵的妈妈每年夏至都会带他们去无相山，家康小时候体弱，有严重的过敏性哮喘，阿妈向他们订制的是一个全家平平安安、家康健健康康的梦。哮喘是种很难解释的病，连阿妈都讲不好应该怎样看见这个病症消失。莲朵自己想了个法子，她睡前一直想象弟弟拥有一个金色的鼻子，像雕塑那样坚固，散发着光芒，金色的光从金鼻子里吸进去，进入肺部，然后整个胸口都亮了起来，这束光把整个老屋都照亮了。梦总是不那么听话。睡前念念不释地想，到了真正睡着的时候，她梦见的是家康穿了件单衣，抖抖索索，站在雪中不停咳嗽。然后，从喉咙里咳出一把绣花针，吐在掌心里，家康看着手心里的针，一脸骇然，她跑过去，把针夺了过来，就手扬出去，银针在空中闪出极细的寒光，消失在雪地里。她的梦让阿妈不寒而栗，连忙跑到庙里去磕头，往功德箱里放钱。但那年冬天，家康的病竟然真的好了，开春之后，只小小地发作了一次，此后就再也没有犯过。

莲朵在无相山做过的所有梦里面，只这一个是应验的，也因为应验过一次，其他那些无效的梦也跟着沾光了。大家都说，还是莲妹子灵啊，梦是有说道的，只是凡人不会解。阿妈因此乐意一再带他们去，许下更多猪肥家润人安泰的心愿。去年莲朵梦见自己在一个古老的废墟里走着，那是一座被弃的宁静荒园，灰色砖瓦的建筑已经破落，结了青藤，了无人迹，只有花园里的花还在按季开放，显示出被精心照料的样子。花坛分为四畦，种满了一种粉红色、铃铛形的小花，在风里不出声地摇摆，花茎矮矮的，不长叶子。一个看起来有点凶的瘦高男人看守着这些花，不许任何人采摘，但他对莲朵态度很好，见她露出艳羡的神气，主动去花蕊中搓出一些种子来，交与莲朵，让她带回"你们那里"去种。他告诉莲朵，非常好种，只需要把花种撒在地里，没什么讲究，她们自己就能活。莲朵问他这是什么花，男人说，此花名唤风陵，意思是风之墓。醒来后，她把这个梦细细说给妈听，阿妈听了也不解，这个怪梦，倒像是个谜语，到底主何吉凶呢？

无论如何，梦是值得一试的。阿爸已经回城，他让阿妈再忍耐些时日，他盘点了手头结余的储蓄，打算先去周围找找合适的租屋，简单安顿一下，等到秋天阿康入学之前，再来接他们娘俩。莲朵想，她还有最后一个夏天来伸张她的诉求，夏至之夜，她要放手一搏。

"什么？你要学习想什么就能梦什么的办法？"金寡妇双手一拍，"这是怎么说的？你怎么不说想什么就直接能来什么呢？"

"这样也可以吗？"莲朵瞪大了眼睛。

"当然不行，要是有这种事，还能教得会，人世间没天理了。"

这是莲朵第一次到金寡妇家，上次昏迷中被人抱来的不算。她连东边都很少来，她打听着金寡妇家怎么走，有个阿婆给她指了路。那个阿婆在村里很出名，大家都叫她写字楼阿婆，她的孩子全都漂洋过海去讨生活，老伴又死了，只留下她一个人守着祖屋。这些年儿孙大发达了，在海外开枝散叶，除了每月寄来花花绿绿的洋钞票，还回来修了宗祠，并按照他们在城里写字楼的式样，给阿婆盖了栋一色一样的大厦。蓝色玻璃幕墙亮得晃眼睛，十几层楼高，甚至还有电梯，马上成为村里的地标，无论站在哪里都一眼看得到，仿似以前的琉璃宝塔。阿婆却不太满意，房子太大了，不聚气，把人的精气都涣散了。她还是一个人住底楼，只占很小的一间，头上全是空屋。写字楼阿婆告诉莲朵，再往东走，看见鱼塘，拐个弯，右手边一个门前有石狮子的青灰大砖院，就是金寡妇家。

没想到金寡妇家这么阔气，她住的房子并不新，却非常气派，像那种祖上做官人家留下的大宅。水磨石的外墙上用细螺钿镶拼出诗文和画，案头供着奇石，连储水的铜缸上面都錾有荷叶鸳鸯，当年的房主应该是个雅人。已经念了两年书，又常看爷爷的旧武侠，莲朵颇认识一些字了，她看见廊柱上的对联是：古今来许多世家无非积德；宇宙间第一人品还是读书。这个对联，意思倒浅，她一看就明白了。但窗棂上写的：风声卷幔；月影窥窗……她就有些认不全。一个狐仙居然住在这么有文化的房子里，她暗想。

金寡妇像是看穿了她的心思，幽幽道：这房子原也不是我的，几年前从人家手里买过来。一屁股赌债的败家子！也不积德，也不读书，生生把老祖宗的祖屋都丢掉了。

莲朵心下盘算，原来会法术这么赚钱，万一真把她一个人丢给爷爷，她还不如来认了金寡妇做契妈，让她教自己道行。帮别人实现心愿，也是一桩营生呢，将来阿爸不用出去苦钱了。这么想着，她就大起胆子来，请金寡妇教她做梦之法。

金寡妇花了好一会儿才听懂莲朵的意思，然后又花了好一会儿发笑。你这个娃娃，半通不通的，说你灵吧,你又是个憨的。她说,别人来我这里,求的都是实打实的事情,从没有来求梦的,梦是个啥?泡影而已。这不是我说的,经书上都这么写。梦这个东西教不了,我的师父也从来没有教过我。

那你能做法,让我阿爸阿妈回心转意吗?莲朵央道。

可以试试,不过不保证效果。金寡妇笑道,我不白替人当差,乱了因果,也不合规矩,我帮了你,你一个小人家,又没有钱,拿什么谢我?

我当你契女。莲朵说。

要是你阿爸阿妈都回心转意了,你们一家,齐齐整整,你还怎么当我契女?他们会同意?

莲朵低下了头,金寡妇说得对。阿妈常说,金寡妇虽然灵验,毕竟是外魔斜道,瞧她那一双眼睛,都斜成啥了。她叹了口气,转身要走。金寡妇却喊住她说,你不要看低了我,妈祖还没有成圣的时候,身份也是里中巫。订制梦我就不会,不过当年师父教过我,凡人不成事,皆因念头太杂,志诚不足,你要真能修得一个精纯之念,那起心动念都有呼应。再有两句口诀,或者跟梦有关,你记着,也是我师父说的,他说:白日如行旅,夜晚是归程。

莲朵重复了一遍，金寡妇点点头，又说，你解得了这两句话的意思不？这意思是说，人在白天，是肉身在世上赶路，晚上做梦，才是魂魄返家。

莲朵开始训练自己的念，她有点理解以前拜庙常听婶娘阿嬷们说的"发心"是什么意思了。她用了很多办法，比如，长时间盯看一张全家福，然后闭上眼睛，脑海中浮现画面，意念里始终让全家待在一起。但她心里很快会觉得哪里不对：奶奶已经不在人世了，而这个画面里还有她。只念头这么一闪，奶奶就暗淡下去了，成为一个空影。她努力让注意力集中在剩下的人身上，却发现阿爸也开始褪色，从脸开始越来越淡，面目模糊，像个陌生人。接着是弟弟，他变得很小，小到必须抱在阿妈手里，于是两个人一起飘走了。最后只剩下她和爷爷，固执而清晰，待在照片里原地不动，这么对比着一看，两个人连眉眼都十分相像起来。爷爷坐着，她站着，中间隔好几个空位。这时她突然念起爷爷的好，爷爷不喝酒、不赌钱也不乱发脾气的时候，还是很可亲的。爷爷喜欢躺在藤榻上看书，边看边吃松子糖，且分给她吃，书也允许她乱翻。爷爷讲起故事来像说书人一样，去逛集市从来不会空手回家，她有一顶最中意的红帽子，就是爷爷给买的。

如果真的别无他法，她愿意留下来，放学就做饭、刷锅、浆洗衣服，照顾爷爷。奶奶让她孝顺阿妈，奶奶肯定也希望她能孝顺爷爷，只是还没来得及说出口。这样一念闪过，她马上痛恨自己不坚定，修一个念头都这么难，又失败了！她不甘心，决定反过来想，想未来可能的好事。她幻想自己和弟弟眉花眼笑地结伴上学，背簇新的书包，在同一间学校里读书。那是一座很气派的小学，比她现在的学校洋气得多！有多气派呢？教学楼是蓝色玻璃幕墙的高楼大厦，大厦上一副巨大的对联从楼顶一直贴到底层，操场上开满了粉红色、铃铛形的小花，花茎矮矮的，不长叶子，在风里不出声地摇摆着。

阿妈已经答应了今年带他们去无相山，新日子将要展开，她心里没底，正要借借细崽们的愿力。结果夏至那天，阿爸就出事了。

阿爸的工友里头，有好几个是邻村相熟的，急急忙忙捎了消息给阿妈。工地的老板欠了他们大半年的工资没结，这事要搁以前，也算正常，最近阿爸大概急等钱用，加上有些风言风语，说老板可能已经卷款跑路了，项目进度明显停摆，工人们不免惊心，怕夜长梦多，决定组团去讨薪。他们又拉横幅又闹事，又去市府门口静坐陈冤，不但没见着老板，连公司财务都没见到。大概讨债的太多，公司新雇了一票安保人员，看着都不像善茬，推推搡搡，态度横得很，一来二去的，就过激了。两边都打伤了人，为示公平，警察两边各抓了几个。莲朵阿爸，素来是个老实的，这次却急眼了，冲在头里，也在被拘留之列。安保队的人指认，他们队长头上那一板砖，就是他夯的。照工友跟阿妈的说法，事情不严重，缝了十几针，又没死人，如果破点钞，说不定能私了。现在麻烦是，官家想杀一儆百，最近烂尾工程不止这一处，都要照这个样子闹起来，闹成群体性流血事件，那还得了？所以警察口风也紧，说是性质恶劣，暂时不能放人。

阿妈慌得腿都麻了，撩起围裙角擦眼泪，工友让她赶紧通通关系，看有没有什么门路，可以捞人的，她胡乱漫应着。想起有个邻居的远方侄子在市里工作，许久不走动，又听说他只是在当地的晚报社里跑广告，不晓得管不管得了这摊事。

这个可能不见得行，跟公检法哪头都不挨着啊，现在衙门也分得细了。工友沉吟着说，不过报社的人，见多识广，说不定能曝光呼吁一下，欠民工薪水，都是苦人，说不过去的。

在无相山的山洞里，阿妈明显心不在焉。她已经跑过邻居家，邻居也给侄子打了电话，对方答应帮忙，但也说只是试试看，并无把握，让她等消息。她想第二天一早就搭车去市里，不过去了又能怎样？她连官家大门朝哪儿开都不知道。工友说现在聚了一些家属，都是家里人进去了的，大家一起想想办法。走投无路的人能有什么办法？晚上，她还是照原计划带孩子们来山里，她比之前更需要这些梦了，如果梦能搭救她们全家。

路上三三两两的人们，腋下夹着枕头和席子，香客一般，都向山里去。她看到卖零食的挑着货担，家康叫渴，她马上站住脚，二话不说掏钱给孩子买了两瓶汽水两根冰棍两块钵头糕。这钱还省它做什么？后头有得破费呢。孩子们一时不知如何是好。阿妈指点说，先吃冰棍，汽水和钵头糕留着，到山洞里再吃，赶快，冰棍要化的。莲朵茫然地小口啜着冰棍，她训练了很久的剧本，今天必须临时改了，她得让阿爸平安回来。家康看看这个，又看看那个，她们脸上的神情让他不安，他睡眠太好了，基本上从不记得自己梦了什么，但此时此刻，他也想有所作为。

"莲朵莲朵！"角落里有个女子在叫她，天色有点暗下来了，山洞里光线不好，她又不好拿手电去照人家，觑起眼睛认了一认，竟是云瑶。莲朵跟妈妈讲了一声，说我过去跟云瑶姨打个招呼，阿妈一开始像没听见，莲朵又问一遍，阿妈才点点头，在她耳朵边交待了一句，别跟人说你阿爸的事，别人会看不起你的。

云瑶倒是很开心的样子，她带的席子也比别人秀气，四角都绣了花，她让莲朵在上面坐下，亲亲热热地搂着她的脖子。好久没看到你，你又长漂亮啦！莲朵近距离看见云瑶不化戏妆的脸，大概是长时间浓妆的缘故，卸了妆她看上去有点老相，皮肤上坑坑痘痘，眼角也有纹路了。

莲朵，跟你商量个事儿。云瑶一边笑着说，一边拉开一听旺仔牛奶，递给莲朵。喝呀，别客气，云瑶姨请客，你看这周围，一家一家的，都带着娃崽，你云瑶姨还没娃，只好借你用用，都说你灵光，你等下做梦的时候，也捎带着，想一想你云瑶姨呀。她拽过小坤包，从里面摸出一张照片来，让莲朵看。

照片上是她和一个男人站在剧院门口的合影，天什么大剧院，第二个字笔画太多，莲朵不认得。那男人相貌不坏，就是腆个肚子，头发也不多，看上去很稳重。云瑶说，喏，这就是上海，你晚上睡觉的时候，想完自己的事情，就想一下你云瑶姨跟这个叔叔在一起，站在剧院里。

话说到这个分上也就够了，再多的，跟这个小女娃娃也说不着。云瑶想，自己是难了，高不成低不就的。现在跟自己配戏的，在妈祖戏里演林默娘的妈，以前也曾是十里八乡的女一号，现在那个脸，妆都化不上去，腰身也粗了，等戏的时候脸上已经露出呆气，有时还会睡着。主家发红包的时候，她的明显要比云瑶的薄，但也千恩万谢的，揣到内衣口袋里去了。看见她，云瑶觉得看到了自己的暮年。云瑶对自己没有妄想，她不像燕子。再说了，天知道燕子在上海到底是干些什么，野腔无调的，最后还不是靠男人？云瑶知道自己几斤几两，以前不过是仗着年轻。如果调进市剧团，这个专业水平，根本上不了台的，那里头国家一级演员就好几个。但只要能调进去，哪怕只是在市里剧团当个化妆师，再不济，哪怕当个场务、道具员呢，也算是铁饭碗了，还能天天晚上活在戏里，都是上档次的戏。她看《红楼梦》，最爱看芳官、龄官那几回，可王夫人瞧不起这些戏子粉头，骂道是，"这帮学戏的女孩子，装神弄鬼了这几年"，她忍不住扔下书来大哭一场。她是被戏骗了，但老牟他总得选一头吧？她已经下了最后通牒，要么娶我，要么来调令！不然就大家一起鱼死网破。不过这些话用不着跟莲朵说，她只要梦见自己跟老牟站在一起就行了，至于是以夫妻关系站在一起，还是以同事关系站在一起，那看老天爷的安排了，她不贪心的，她都服从。

莲朵心事重重地回到自己的铺位，这件事情越来越难了。阿妈已经睡下，背对着他们，看不清脸，不知道睡着没有。弟弟还抱着膝盖坐在那里，以屁股为圆心，前后轻轻摇晃着玩，像要翻跟斗，又不真的翻过去。他在等她回来，她知道。一小片云藏在山洞深处，很多小孩挤在那里，又笑又跳，他却没有去。她鼻头一酸，赶紧翻身躺下了。

她一度紧张到睡不着，很长时间半梦半醒，像在一片混沌里艰难地涉水前行，但浪总把她推回岸边。脑子里反复出现她想要梦见的所有事情，然后又会确认一下：我现在是睡着的？还是醒着的？这个念头一出来，她就懊丧地知道自己并没有睡着。

最后她终于还是睡着了，跟山洞里沉睡着的所有人一样，发出均匀的呼吸，大人孩子们在集体许一个大愿。云变得缓慢，在他们上方悬浮，此刻也不辨颜色，所有人的念头飘在半空，无脚的梦神，如一条巨蟒，披着暗夜的鳞片，盘曲游行而至，不加思索，不分好坏地收割走他们隐秘的意念，夜晚吞没了一切。

莲朵还在奔跑，在长途跋涉之后，她突然感到一阵轻松，但有人在她后背狠命拍了一记，她大惊吓，心脏嗵嗵跳，马上侧身，一股热流已经在她身下洇了开来。打她的人是阿妈，凉席不太吸水，连阿妈和家康睡的地方都濡湿了，家康浑然不觉地睡在尿里。莲朵羞愤交加，恨不能一头撞死。阿妈怒气冲冲地瞪着她，气得说不出话来。她尿床了，在这么重要的夜里，她竟然掉链子，她和她带着骚气的尿，搞湿了席子，也亵渎了神明。

你到底梦到了什么？阿妈想想，还不死心，压抑着怒火，用很低的嗓门逼问，她怕吵醒周围的人。

你说，你到底有没有梦到什么有用的东西呐？她简直不敢相信，用力摇晃着女儿的胳膊，她的汗衫领口因为晃动耷拉下来，露出筋骨毕现的脖颈，而绝望的女儿已经抽抽搭搭地哭了起来。

疼痛之子

起初只是一条线。然后是另一条。一条线召唤一条线。一条线抚平另一条线。面是不存在的，面只是无数条线的集合。线有节奏，有逻辑，有抑扬顿挫。无数我们捉摸不定的东西都以线的方式存在，比如：宇宙指缝里漏下的光；星星跑动时扬起的风；你在人山人海之中，一眼望见最想望见的人，眼光自觉笔直，走出一条最短的线，然后以唇角为圆心，漾开半幅同心圆一般弧形的水波。

　　线有声音。石墨在纸面沙沙作响，拐弯时如同呜咽，顺滑的时候，像猫咪伸懒腰，发出满意的咕噜。钢笔性情耿直，是铁环滚动在烈日之下的柏油马路。油画笔顿挫生姿，像吊嗓子，像在练习拼写，字正腔圆地念出字母，有时候突然喑哑了一下。还有水墨，上帝保佑中国人！水墨如同云在山谷里涌动的腹语，像大海的核心，巨大的声音包裹在巨大的寂静里。有时候，线会吼叫，吞没那个画出这条线的人。

丽塔老了，她眼周的线密密匝匝，眼尾几根粗纹，要放倒笔锋，力透纸背，是收网的主绳。其余细线纵横交错，像提起的网，勒进肉里。眼睛是漏网之鱼，还在拼命拍打尾巴，水淋淋的。

"我怎么老是调不对你眼睛的颜色，丽塔？"

"波本威士忌，不加冰。"

"医生说你不能再喝酒了。"

"该死，我知道，"她露出性急的表情，嘴歪往一边，"我是说我的眼睛。波本色。"

她用手指头翻了翻下眼皮，做鬼脸似的。通红的指甲，箭头一样，指示着她的眼珠。"以前是肉桂咖啡的颜色，现在好像褪色了。"

别的女人染红甲都是丹蔻，丽塔涂红指甲，却只让人联想到暴力的事情，想到她像一个吃薯条的小孩，把手指头蘸进血里，番茄酱似的隔夜的浓血。

"今天先这样吧，光线不大好了。"我合上画板。

她靠在枕头上耸耸肩膀："随便你。你明天还来吗？"

"来的。"我站起来,向她告别,她不看我,于是我探身在她脸上亲了一记。她的鼻孔真大,像黑色洞穴,会飞出蝙蝠的那种。每次凑近她,我都想起小时候父亲送我的小马邦妮,第一次用额头去蹭马的长脸,近距离看到马儿翕动的鼻腔。小马打了个响鼻,吓坏了我。亲吻丽塔,也同样胆战心惊。她任由我吻,我拍拍她肩膀作为告别,顺便摘掉她落在羊毛披肩上的一根白头发,也可能是我的,谁知道呢。

从伦敦到萨福克,火车一小时,开车两个半小时。以前我常常开着车往返在这条路上,每周三天,我去伦敦城市大学授课。火车很好,可火车免不了等待的时间,我痛恨等待。

英国乡村一成不变,康斯太勃尔时代的云,至今在我头顶涌动,暮云低矮,折射天光,地平线像一声叹息般垂下肩膀。野性难驯的树,是骑士和贵族立在天地之间。康斯太勃尔是我的老乡,我可以在他的画中辨认出每一道光线的变化方式。牛津的阿什莫林博物馆里收藏了一幅他的云彩练习,淡蓝色如同古旧丝绒,云朵是天空的折痕,构图平铺直叙,好像只是有人擅自从天幕的布幅上，随机铰下一块，钉进了画框。康斯太勃尔真是个彻头彻尾的乡绅，他追求画面的平衡，就像在追求道德。他比透纳诚实，透纳总像在表演。我一边开车一边想，说不定丽塔会喜欢透纳。

丽塔，五十年代伦敦苏荷区的女神，睥睨一切，颠倒众生。我几乎没跟她说过话，我遇见她的任何活动现场，她总是一副我刚刚顺路过来我马上就要离开的模样，一只脚尖急不可耐地在地板上敲着，用下巴看着全场的人。她喜欢穿红色鞋子，再贵的鞋子到了她脚上，很快鞋头就变得一塌糊涂，深褐色头发随随便便地披拂在后面，像马的鬃毛。

"天哪，快让我离开这儿！"我听见她对身边的男伴抱怨着，眉毛挑得像拉满的弓。男伴刚帮她端来两杯香槟，杯身上沁着细汗，马上放下就陪她往外走，她披着男人的西装外套，碎珠子的流苏从里面垂出来，发出摔摔打打的声音，古代铠甲的碎片也是这样撞击着。她身边的男人常常不同，但我也没留意过他们之间的区别，她跟任何男人走在一起，你都首先看到她，男的不过是罗马神像下面的底座。即使是她跟赫赫有名的培根在一起，我等他们过去了一会儿，才反应过来刚刚那是培根。

那时候她已经不年轻了，属于她的好时候已经过去。可能她就没有过好时候，据说她十八岁就来伦敦混，美得不可方物，已经一副破罐子破摔的模样。战争刚刚结束，这也不足为奇。那时候我还小，没有见识过她美貌的巅峰期。等到我开始在苏荷区的画廊做展览的时候，她已经现出老态，但依然是人们嘴里的传奇。谁都认识她，也认识她上个星期、上上个星期或者上上上个星期勾搭过的男人，有时候是女人。谁知道呢？她可是丽塔呀！丽塔又把自己搞得遍体鳞伤，丽塔差点进了警察局，丽塔已经第五次戒酒了，他们这样说。我们在不同的场合照过面，却从没交谈过。那时候我太害羞，我用冷酷掩藏这种害羞，我还太年轻，忙着用眼睛吃这个世界，我从来没想到，我竟然会成为她晚年陪在她身边的唯一的一个人。

我生活的村庄，一百二十八个人。当然啦，取决于当年的出生率和死亡率，这个数字每年都会略有上下浮动，但相差不会太多。今年，是一百二十八。年轻人总是离开这里，去大城市寻找工作机会，但是中年以后他们会慢慢住回来的，因为，所有英国人，除了伦敦人，本质上都是乡下人。

"屁咧，什么工作机会？"丽塔嗤之以鼻，"才那么点点人，除掉老人小孩和丑八怪，睡来睡去，很快就睡完了。"

她说得没错，村里每个人都互相认识，谁娶了谁，谁睡了谁，谁杀了谁，确实一览无余。年轻人选择的余地不是太多，如果不赶紧跳上火车逃走，很快就没人可以搞了。不过我们总有搞不动的那天，那时候，我们就会回来，种花伺草，养鸡，喂马，搞搞土地。

如果让最早跑到美国的那帮英国人设计美元，他们可能会在钞票上印"In Earth We Trust"。郝思嘉的爸爸是爱尔兰人，所以才那么热爱土地。有谁能比岛民更知道土地是怎么回事呢？土地是我们在四顾茫然之海中，仅有的立足地。

"这一片领地，都是我的，未来会属于你。"小时候，爸爸穿着长筒胶鞋，带我在屋后大片的田野里散步，得意地拔出烟嘴，对周围指指点点，烟斗里升起一个烟圈，在空中越变越大，似乎能圈住一大片土地。胶靴在泥地里，总是越穿越重，抬起脚来的时候，能感觉这片土地在试图黏住我们。

父亲也是土地的信徒，前脚赚了钱，后脚就买成地。我小时候有点怕他，他每周去城镇上的银行上班，周六才回来，其实那里离我们村庄并不太远，开车可以当天来回。他工作很忙，在家里也甚少笑容。

    遇到丽塔的那天，是我父亲落葬后的第二天下午。那天有个培根的回顾展在伦敦黑屋画廊开幕，培根已经死了六年了，想想都令人愕然。我不想在乡下的房子里待着，那里每样东西都好像泡在黑色的水里。我喜欢这种十八世纪荷兰风格的尖顶老式房子，它特别低矮，在寒冷的冬天容易聚住热量。这种房子，心情好、天气好的时候，住在里面会觉得自己像个北欧的精灵。但在心情低落、天气糟糕的日子里，就会觉得自己住在一个黑乎乎的洞穴里，连白天都要点着灯。所以我没办法在里面画画，我在旁边盖了一座画室，有玻璃的天顶，能带来稳定的天光。父亲走了，只要我坐在房子里，我就忍不住想，这里面哪件他的东西我要保留，哪件东西我必须丢掉。我忍受不了看见任何跟父亲有关的物件，但我也忍受不了任何跟他无关的事物。最后我忍无可忍地站了起来，跳上了最近一班去伦敦的火车。

培根死了，他的画还在打动我，我没法像他那样画。这次他们又展了一幅他画戴尔的小画，画面上的戴尔狰狞地扭曲着，却显得被动和悲伤。我看了很久，这种画永远没法让人舒服，就好像有人用手捣进来在绞着你的胃。我佩服那些把培根挂在家里、挂在餐桌对面或豪华办公桌后方的人，他们一定有着强大的神经，和强大的钱包。培根已经很贵了，贵到他只能被挂在美术馆和高雅的房子里了，他用他的粗暴，对峙着这种高雅。

傍晚的开幕餐会上，罗宾带了丽塔一起过来，带给我两本我正在找的画册。

"你们居然不认识？"他惊奇地说。

丽塔飞快地瞥了我一眼，她比我高。"我知道你，"她说，"国王十字火车站附近那个雕塑是你做的，那口青铜棺材。"

"嘿你说对了，她外号就叫棺材，她比棺材板儿还硬。"罗宾笑起来，他叫了两杯咖啡，从屁股口袋摸出扁酒罐，往里面倒了些酒，把其中一杯推给了丽塔。丽塔喝了一大口，在杯缘留下一圈果酱色的唇纹。

"别跟我说棺材，我爸爸昨天刚落葬。"我有气无力地说。罗宾飞快地拍了拍我的胳膊弯，以示安慰，但也仅限于此了,他知道我讨厌安慰。我歪了一下脑袋,表示领情。

我很少在白天这么近的距离看见丽塔,破除了灯光的神话,她已经是一个老妪了,我有点吃惊。不过我很长时间没见她,记忆也不太靠得住,可能她早就老了。她两腮的线条变软,皮肤上斑斑点点,嘴角因为被皱纹拖累,垂了下来,形成一种很奇特的表情,有点不屑,又有点慈祥。她掏出香烟,我跟她讨了一支。

"你爸爸多大了?"她突然问。

"七十九。"

"他怎么了?"

"心梗,倒在后院的灌木丛里。"

"我倒希望我能死得这么痛快。"她用手对着自己的太阳穴开了一枪。

"一切都很快。我们家对面就是村里的墓园,从我家走着过去,也就五十米。"

"我去过你家,那是哪一年的事儿了?"罗宾插进来,"你们家的母鸡好肥啊。"

"昨天我们杀了两只烤了,村里人都来了。"

"多拉好吗?"

"还那样，她女儿去读大学了，她搬了过来。你知道，我妈妈那间屋子空了。"

"哦，伊琳，亲爱的。"罗宾又飞快地碰了碰我的胳膊。我知道他什么意思。我在这个世界上已经是孤儿了，再老也是孤儿，无人认领。

"昨天马车走了一大圈，还去海边绕了一下，最后从墓园回到家，只有五十米，两分钟就走完了。这太荒诞了，好像他出生就是为了走到对面去，然后这五十米，他走了将近八十年。现在只剩下我，看看我得花多久，才走得到对面。"

丽塔笑了起来，我吃了一惊。"对不起，亲爱的，我十分羡慕你。我好想住到你那里去。然后我就可以挑一个阳光好的日子，前一夜通宵跳舞，跳到精疲力尽，等太阳起来了，我就喝杯橙汁，穿上我的法兰绒袍子，直接走到对面去，舒舒服服地躺下，就像年轻时候那样，我总是天亮了才睡觉的。"

"你应该去伊琳那里看看，萨福克的乡下太美了。"罗宾摇着头，"你知道萨福克羊吗？那种黑脸的山羊"。

丽塔不置可否地耸了耸肩膀。

"一群萨福克羊就像一群异教徒。它们只有脸是黑的，一脸干了坏事的样子，可是它们的身子，还是当年在祭坛上的无辜模样。"

我笑了起来，罗宾总爱胡说八道，他每晚在电台里信口开河，又读书，又念诗，迷倒一代又一代姑娘，现在也须发皆白。不过一大群萨福克羊盘踞在田野里吃草的样子确实惊人，《圣经》里一群白羊里只有一只罪孽深重的黑羊，但萨福克羊，每一只都长着一张棒槌也似的黑脸，好像在说：好吧，我们都是染罪之身。火车开过的时候，发出轰隆轰隆的声音，几百只吃草的羊突然同时抬起黑脸，愕然朝火车这边看过来，像被人捉了现行。

"你相信鬼魂吗？丽塔？"

"绝对相信。"

"昨天晚上，我觉得我看到我爸爸的鬼魂了。"

住在一个很小的村庄，有一个很大的问题。所有人都认识你，而我，一个心不在焉的艺术家，却不见得能认出我所有的邻居。女人不请自来，梆梆梆敲着我工作室的门，我正在作画，没好气地打开了门，颜料果然蹭在了把手上。

"哦，甜心，"一个扎着佩利斯腰果花头巾的女人挤了进来,显然刚从海边市集回来,她的篮子有两条冻得梆硬的鱼,"她们说你画画。"

"有何贵干?"我不客气地说。

"你瞧,你会画画,我会做果酱,我们何不来个交换呢?用我的果酱,换你一幅画,怎么样?这是我种的樱桃,甜极了。或者你喜欢橘皮酱?这个星期橘皮没有了。"

我正想摔上门,多拉从里间出来了,她马上熟练地接手了这一情况。

"嘿,林德太太,你太好了,今天海边热闹吗?"

"非常好,我的果酱很受欢迎,只剩这两罐了,这是我新做的。"

"我喜欢果酱,太好了,还是樱桃味儿的!我们到那边房子里说话,我有刚刚泡好的茶,日本茶叶,也许您愿意喝一杯。"她脚不沾地地把那个婆子撮走了。回来后,她跟我说,"你怎么不让林德太太看看你收藏的骷髅,说不定她就不敢跟你讨画了"。

几枚头骨,还有我画的许多张脸,在工作室的四面墙上,围着我。那些我爱过的人,像叶脉书签一样,压扁了,变成了墙上二维的线条。叶肉消失了,只剩下纵横交错的线,干燥的线,固定地对抗消亡。撒切尔夫人曾向我订制一幅肖像，我拒绝了，我只画我爱的人，我对撒切尔夫人远谈不上爱。

奈特老师是一团灰色的细线，很柔和，有许多淅淅沥沥的毛边。就像有人要把他织成一件开司米细毛衣，但中途改了主意，又拆了。他睡着了，我趁他午睡时候画的，这样他就不会知道我爱他，也不会知道我的眼睛是怎么从他的骨骼里偷走那些线。我爬上床边的凳子，从上往下看着他，就能得到一个全然的俯瞰角度。我偷得不多，小心翼翼，这里抽出一根丝，那里抽出一根丝，然后，织起来。他不会知道发生了什么，等他午睡醒来，只会觉得怅然若失，然后他会表扬我画得好。在画面上，他看起来就跟死了一样，阳光在他的眼窝和鼻梁之间留下阴影。睡眠是死亡的小样，每天分给我们试吃，直到我们习惯它。

老了以后就越睡越少，越醒越早，父亲退休以后，每天天不亮就起来在房子里四处转悠。现在轮到我，早上五点钟的天光不足以画画，我就去海边写生，画日出时分的海是怎么被第一道光线照亮。

即使是夏天，海边的清晨也还是很冷的，我穿上最厚的靴子和外套，保温杯里带着滚热的茶。几年前，政府委托我在海边做了一个雕塑，是纪念作曲家本杰明·布里顿的,他也是我的老乡,据说布里顿常常在这一道海岸线散步,海浪在他脑中盘旋,一时间也不知道是海浪在模拟音乐,还是音乐在模拟海浪。我用银灰色的铸铜做了一枚巨大的扇贝,立如蝶翅,又如风之竖琴。造型并不难,我在海边捡了一些漂亮的贝壳,很快组合成我要的样子。难的是如何用铸铜做出合适的厚薄量感,太重了会破坏扇贝的褶皱美,太薄了又会影响结构稳定,经不起海边的狂风。贝壳边缘我镂空刻了一行诗:"我听见永不消逝的声音。"

所有的贝壳放在耳边,都能听见大海的啸声,这可真是个奇迹。我把扇贝做出裂隙,让风可以在其中穿行。

自从我做了这枚大贝壳,这里就成为本村的地标。村人喜欢在雕塑前面举行海滨婚礼,仲夏的夜晚,青年男女在贝壳的庇护下野合。我撞见过不止一次,夜色里远远望到贝壳那里有几条白生生的胳膊和腿绕在一起,像一只巨型的章鱼从水里湿漉漉地爬上沙滩,爱,让人退化成软体动物,我赶紧绕道而行。我幻想着他们生出的孩子会继续来这里捉迷藏,然后他们死掉了,也就在雕塑面前举办葬礼。

父亲的葬礼也在这里,并没有太多选择,要么这儿，要么乡村教堂。显然父亲会更喜欢大海，他早就不去教堂了。

在墓园的时候，有个男人一直站在后面，他个子很高，穿得也考究，一身黑西装，衬衫领口打着领巾，不太像本村的人。等人散得差不多了，他走上前来，对我抬了抬帽子。"你一定是亨利的女儿，你跟他长得可真像。我叫恩斯特，从伊普斯威奇来，是你父亲的好朋友。"

我跟他重重地握了握手，邀请他结束后一起去家中喝一杯，多拉烤了些鸡肉馅饼。我想他一定是父亲生意上的伙伴。父亲走得突然，我并不熟悉他的朋友，也没通知他以前的同事，不知道他是怎么得到消息的。葬礼对我来说是个麻烦，我不擅长应对邻居的慰问，更怕听他们回忆往事，幸好他们大多围着多拉，好像该是她如丧考妣。那个叫恩斯特的男人端着酒杯，出神地在看柜子上的我们一家人的各种照片。我趁机从后门溜走，去田野里喘口气。

芦花鸡看见我出来，慌乱地颠着肥大的屁股逃走了，逃得毫无章法，有一只甚至一头扎进了柴垛。白色的大鹅也快步四散走开，大概是早上多拉抓鸡的时候吓着它们了。不知道动物对于迟早要被主人吃掉这件事情到底能明白多少，起码它们心中有数：那些被抓走的鸡们就再也没能回来。

我抽了比平时更多的烟，磨磨蹭蹭，估算着邻居们应该走得差不多了，才起身往回。我跟多拉之间有默契，我不在，反而便于她提前结束战斗。"恐怕伊琳是太伤心了，我得找找她去。"我能想象她抱歉地捂着领口，对那些阿公阿嬷们这样说，引起他们一阵同情的叹息，然后把他们统统打发走。这就是我们的组合，村人们会因为她而原谅我。艺术家是一个很好的壳，在这个壳里，你尽可以扮演一个不近情理的、脆弱又疯狂的人，一个咄咄逼人的、人缘很差的怪胎。你横冲直撞，然后全世界都不得不为你让路。

那天晚上我听见楼上有人走来走去，一只脚拖着走路，还有抽屉拉开又合上的声音。这吓坏了我，以前每天晚上都有这个声音，但是以前父亲还活着啊。

自从战争时受了伤，父亲有条腿就不太利索，平时看不出来，阴雨天那条腿会隐隐作痛。在田野里散步，能明显看出一只脚留下的脚印比另一只脚更深。我叫醒了多拉，但是她也没有勇气上楼去查看。

第二天，我们锁上了楼上的房门，但是到了夜里，依然听见有人在房间里走动，拉抽屉和柜子的声音，好像在找什么东西。我跟多拉麦着胆子爬上二楼，有一瞬间我以为我看到了父亲，再细看时却什么也没有，好像只是一阵白色的雾霭。

"然后早上我们吃早餐的时候，发现他的雨靴像以前那样放在门厅里，上面的泥巴竟然还是湿的。"我对丽塔说。

"你爸爸生前有什么未了的心愿吗？"丽塔问我。

"不好说，他曾经希望我是个男孩，这算吗？"

"恐怕不算。"

"他以前不太喜欢我学艺术，不过到退休那年，他自己也拿起画笔开始画画，居然画得不坏。有一幅画是他画我们屋后的森林，把树叶画得火红，好像烧起来了一样。这幅画我一直挂在家里。"

"我妈妈是个萨满，"丽塔说，"我们相信强烈的愿望会在世间不散。那些走不掉的人，往往因为他们还有一股强大的念力牵扯，有时候是他们自己有心愿未了，有时候是活着的人用强烈的爱憎在拉住他们。这个结不解开，他们就只好日日夜夜在世上游荡。"

"你是说鬼魂吗？"

"鬼是人的反义词，生而为人，死而为鬼。我倒宁可称它们为'灵'，灵不是人的反面，灵是人的萃取。"

"我只想搞清楚到底是什么夜夜在楼上走来走去。"我站起来,穿上外套,"我得赶紧回去了,我不能把多拉一个人留在那间闹鬼的房子里过夜"。

几天以后,我又来到伦敦,在丽塔的公寓里为她画像,这次没有旁人在场。收到她的来信,我竟一点也不意外。那几天我一直在无意识地用水墨勾画一些小幅的脸庞,勾完才意识到那是丽塔。她柔软的嘴唇大极了,我回忆起许多年前,我第一次得知丽塔的艳名,几个男人以猥亵的口吻,谈论她非凡的尺寸。

丽塔在信里向我开口讨要400英镑,好帮她支付那些该死的账单。作为回报,她提议道,她可以在一段时间里充当我的模特儿。她的字写得忽大忽小,字母跟字母之间隔得很开,捏着信纸,我想了一会儿,我愿意画她。我没有让她来我的画室,我提出去她的地方,想让她更自在一些,反正我暂时也不打算画尺幅太大的肖像。

"我年轻时候的照片跟现在完全不像了,"她在起居室里穿着一件吉卜赛晨袍,挥手抱怨着,"而我又忍受不了用一张老太婆的照片做遗像。该死的培根!我竟没有得到任何一张他为我画的画。不过得到了又怎么样呢？我可能会把它卖了，好付医药费。"

"我们都认为你曾是他的缪斯。"

她耸耸肩膀："也许吧，但那太短暂了，培根不喜欢女人。他画过我，只是因为我们都热爱疼痛。他很快就有了戴尔，那个英俊的小毛贼，他在偷东西的时候从培根的天窗里掉了下来，被他抓住了，可怜的家伙。"

"反正你也不可能用培根的画做遗像。"

丽塔哈哈大笑起来。"会把牧师吓死的，如果我的葬礼上竟然有牧师的话。"

"这里埋葬着魔鬼，很快她将掀开冻土，卷土重来。"她模拟着布道的口吻。

"我看过培根为你拍的照片。"那是一张很骇人的照片，针扎穿了她整个手臂。"他私下里是个残暴无情的人吗？"

"恰恰相反，他很慷慨，任何人只要跟他在一间房子里共处半个小时以上，都会被他迷住。他不喜欢送画给朋友，他甚至一画完就对着画面乱砍乱涂，直到把它们彻底毁掉。但是他常常会拿出一捆钞票来，说，'这种东西我已经有很多了，我想你应该不介意拿一些去用'，弗洛伊德年轻时，有很长一段时间都靠他接济。"

"我认识他的时候，他已经功成名就了，我不觉得他对周围人还有兴趣。"

"真没想到他又活了这么久。他才三十多岁，医生就判了他死刑。他的心脏一团糟，没有一个心室是正常的。他们告诉他，他从此必须滴酒不沾，甚至不能情绪激动，否则随时有可能倒地不起。为了宣布这个消息，他兴高采烈地喝光了好几瓶酒，之后也照喝不误，然后一口气活到了八十二岁。"

"所以你看，医生也不总是对的。"

"我可不敢赌我能有培根的好运气。而且，相信我，我是萨满的女儿，我很清楚死亡会在哪里等着我。"

"萨满的能力会遗传吗？"我用蓝色、橙色和白色的线织出她的眼睛。

"你可以把通灵术看成是一门语言，不同的通灵方式，就像不同的语种，本质上是一种沟通。一个人天赋再好，语言还是需要学习和使用的。"她摸出一套黑色的骨牌，开始在桌子上排列起来，"我正在自学占卜"。

"你妈妈没有教过你吗？"一条线从鼻翼开始，到她的嘴角还没有停止的迹象。

"我希望她教过，但她死得太早。"她停了一下，把其中一张骨牌翻过来，不看我，"大屠杀，我是我们家唯一活下来的人"。

我一时不知道说什么好，只好假装非常专注地在她的嘴角铺出灰色的细线。"我这辈子没结婚，没孩子，所以，等我死掉，我们家就全死光了。"她接着说，"也许我早就跟他们一起死了，只是直到现在还没有安葬"。

不知道她在卦象上看出了什么，她一副心神不宁的样子，于是她收起牌，走到我身后看了看。"你非常擅长画女人啊，是不是把我画得过于温柔了？"

"你说了算，女王陛下，这一幅算是你的订件。"

她笑了起来："王尔德那个雕塑，也是订件吗？"

"那是政府的订件，我不必对政府负责，因为政府是抽象的。"

"我跟你说过吗？我在你做的那口绿棺材上做过。王尔德那个铜绿的脑袋在旁边全程看着我们，亏你想得出来。"

"那是一张长椅，只不过长得有点像棺材而已。而且那是在大马路上啊。"

"后半夜那儿没人。我又穿了一条长裙子。"她故作媚态，拎起晨袍的裙裾，哈哈大笑起来。

"好吧，你可以想象王尔德的灵魂也参与了你们的性爱，虽然他压根不喜欢女人。"

"你喜欢王尔德吗？"

"我喜欢一切毒舌的人。"

她给自己倒了杯酒，只端起来嗅了一嗅就放下了。然后又给我倒了一杯。"你最喜欢他哪句毒舌？"

我想了一会儿。

"王尔德说过，'英国人绝不会对一件艺术品感兴趣，直到有人说这件东西不道德'。后来我开始做艺术，每次我想做一件惊世骇俗的作品，我就会想起他这句话。培根可能也是这么红起来的。"

"如果不是因为战争，人们可能永远也欣赏不了培根的画。战争结束的时候你才刚出生。那时候我从波兰来到伦敦，半座城都被摧毁了，甚至半个欧洲都摧毁了。但每个人都很兴奋，很放纵，空气里好像还残留着火药，只要拿出火柴轻轻一擦，就会凭空引爆烟花，那是自由的味道——我们本来要活成炮灰的，但我们活成了烟花。你明白那种感觉吗？我们干一切禁忌的事情，只为了得到一点乐子。道德有什么用？所有人刚刚死里逃生。哦，天哪，我得喝一口，让医生见鬼去吧。"

我们端起酒杯，我理解的碰杯，只是两只杯子在边缘处轻轻一挤，但她却好像是一艘巨轮撞了过来，我的酒泼出来一些。她仰脖喝了一大口，挽起袖子，我瞥见她身上的伤口。"痛苦是个好东西，痛证明你还活着。别人都死了，凭什么你配独活？培根跟我一样，我们嗜痛就像嗜蜜。彼得·莱西把他打得遍体鳞伤，一只眼珠都爆了出来。有一次，他俩都喝醉了，莱西把他从十五英尺高的楼上扔了下去，他竟然没摔成肉酱。警察也管不了这事。因为培根先生跟警察说，他是自愿的，他喜欢这样。"

"听说培根小的时候，他爸爸让马夫鞭打他。"

"他爸爸是军官，所以希望他当个硬汉，可他偏偏哮喘，骑不了马，打不了猎，还偷穿他妈妈的女装。"她一旦喝开，就再也刹不住车了。"你知道吗？戴尔自杀之后，他的灵魂也没走，自杀的人是无法被超度的，他一直跟着培根。从此以后，培根就像变了个人。"

我一连许多天没有回到乡下，等我再回去时，多拉已经搬走了。表面上的理由是她的女儿回来度假，她也没有勇气一个人住在那个空荡荡的大房子里。但我清楚，以多拉的善解人意，她不可能没有察觉到我的变化。

她没有拿走她所有的东西，看起来，她只是回家小憩一段。她用不伤及自尊的方式，给我腾出时间和空间。我坐在她房间里发了一会儿呆，念及所有她为我做的事情。婚姻是确定的，婚姻是一份大家都很熟悉的合同，权利义务不必宣讲，忠诚的边界也厘得很清楚。可婚姻之外的亲密关系，那就各有各的打法。

多拉在食盆里留下了足够的饲料，鸡和大鹅也可以自行觅食，但它们看见我时，还是出其不意地愣了一下。家禽和猫狗不同，它们不是宠物，传情达意有障碍。它们只是前后左右转挫了几下脖子，确认大家对我重新出现这个情况都已经清楚了，就抬起爪子来，轻手轻脚地踱开。

我打开冰箱，切了一些剩的磅火腿，又煎了几枚鸡蛋。家里食物不多，但反正我也待不了两天。我只是回来取一些衣物。丽塔最近咳得非常厉害，夜里也离不了人，有时候她难以入睡，就会推醒我，让我陪她彻夜聊天。她一脸虚火，两颧和眼睛都红通通的，酷爱在夜里点香薰蜡烛，在烛光里像个渴望睡前故事的任性小孩。只是这次，是小孩非要给大人讲故事。她把以前当模特时的华服拿出来，一件件穿给我看，穿了又脱，满不在乎地让它们在地板上堆成一堆，华丽的褴褛。我看见她凸出来的肋骨，像两扇对开的百叶窗，宽大的骨架让她看起来仍然很结实。我们常常睡到下午，然后去她最喜欢的惠勒餐厅吃饭。这是我们一天里唯一的一顿饭，要吃上很久很久。我肉眼可见地瘦了。

　　晚上，我一直没睡，我在等子夜，十二点是阴阳交替的瞬间。按照丽塔教我的方式，我一遍一遍地念着咒语。楼上又传来了隐约的脚步声，一只脚拖着。我点燃蜡烛，举着它上楼。

　　房门锁着，我停下来，仔细听了听，脚步声消失了，又过了一会儿，房间里传来拉抽屉的声音。我扭动钥匙，推开房门，房间里什么都没有，所有家具都保持着原来的样子。蜡烛也没有像丽塔说的那样会猛烈抖动。我突然觉得一切都那么可笑，我不再害怕了，甚至有点失望。我把烛台放在书桌上，在桌边坐了下来。

就在这时，我脑中突然闪过一件事，就好像有人把一切都告诉了我，我突然明白了每天夜里父亲的抽屉被拉来拉去是在找什么。我打开写字台左边第一个抽屉，动作幅度太大，一下子带倒了蜡烛，蜡烛磕在桌面上，跳动了一下，熄灭了。我咒骂了一声，四周一片寂静，但又好像站满了人。我什么也看不见，只能停在一片黑暗之中。

又过了一小会儿，我的眼睛适应了周围的环境，家具在暗影中浮现了出来，房间初步具备了五官。我摸索着走到墙边，打开电灯开关。桃花心木镶嵌的书桌上滴了一摊蜡油，这可是父亲以前的心爱之物，从意大利古董市场买来。我用指甲抠了两下，确认桌面没有被烫坏，便又接着去拉抽屉，摸向抽屉里那个暗格。

果不出我所料，那里面空空如也。

我把车停好，走向右手边那座浅绿色的漂亮房子。房子前面种着许多绣球花，米色栅栏上挂着一面小小的国旗。

我刚敲了敲前门，门就开了。我事先已经打过电话，他一定在等我。我们用力握了握手。"我太太现在不在家，她去超市买东西了，不过她可能一会儿就回来了。如果你不介意的话，往南边走一小段有家咖啡馆，我们可以去那里说话。"

我还没来得及表态，门廊前的道路上有个跑步的男子经过，跟他打了个招呼，并好奇地看了我几眼。

"恩斯特先生，其实你很清楚我要来和你谈什么对吧？"我等男人跑到听不见我们说话的距离，忍不住开口了："你能不能把你在我家拿走的东西还给我？"

恩斯特愣了几秒钟，他用质询的、请求原谅的眼神看了看我，然后请我稍等，返身回屋了一小会，穿上外套走出来，轻轻锁上了门。我的眼睛一直没有离开他的手，他有一双惨白的、修长的手。这双手做任何事情都显得深思熟虑，他示意我跟他走。我们一言不发地向咖啡馆走去。

这是一片很好的住宅区，每家每户门口的草坪都修着得体的寸头，罕见的阳光，晒得草尖几乎透明。几棵有年头的橡树，投下巨大的树荫，光线的明暗对比令人恍惚，好像我又回到了跟父亲在田野里散步的时光，有一瞬间我甚至觉得行走在我身边的这个沉默的老人就是父亲，或者我们此刻是三个人在行走。

下午时分的咖啡馆里人并不多，有两个推着婴儿车的母亲在聊天，一位穿着紧身裤的青年在电脑前全神贯注。我们点了喝的，找了个角落坐下来。恩斯特很老派地等我呷了一口咖啡之后，才斟酌着开了口。

"我很抱歉。"他从口袋里掏出一个很小的相框，递给了我。

我吃惊地接了过来，那是我父亲的一张照片，我从小看熟了，是他结婚那天拍的，照片上他笑得腼腆。这张照片应该是搁在我们家客厅的壁炉上的，我太熟视无睹，压根没发现它被人偷偷拿走了。

"你把我妈妈裁掉了？"

"对不起。"恩斯特看着我，好像在评估应该告诉我多少。我并不傻，我小时候就知道父亲有秘密。成人之后，这个秘密变得不值得侦破，它像那种谜底过于简单的谜语，只是大家都选择不说，就像主动绕开马路上的一棵大树，很自然，就像那棵树本来就该长在那里。我想母亲多半也知道。

"这对她不公平。"我接着说。

"是的。"他在口袋里挖着，又摸出半张照片来，"我本来想丢掉的，但是不知道为什么又没丢。也许还可以贴回去"。他把照片放在桌子上，推了过来，"我不该这么自私，毕竟这也是你的回忆"。

我接过照片，母亲年轻的时候可真美，她穿羊蹄袖的婚纱，头上又披了白色蕾丝，显得人大了一廓，月晕那么膨胀的一团白光，脖子上挂着珍珠，眉眼像浸过，水汪汪的。那一定是她生命里紧张又美好的一天。她戴着白缎长手套，一只手伸出去挽住新郎的胳膊，但那只手现在被裁断了，像伸手去够什么却没够到。我又转脸去看父亲的那半张，黑色西装的臂弯里一只断了的白手，假肢一样攀住他。我把两个半张重新拼在一起，端详片刻，把父亲那一半递给了恩斯特。

"你留着吧。他俩都死了，再拼回去也没啥意义了。"

恩斯特很意外，他接过相框，喃喃地道了声谢，为自己辩解似的："我太想拥有一张亨利年轻时候的照片了。我没有他这个年龄段的照片，一张也没有。他走得那么突然……那天在你家看见，我想我要是错过了，就再没机会了。"

我点点头，表示理解，他如释重负。我们有一会儿没说话。过了一会儿，恩斯特开口道，"亨利常常跟我说起你，他很爱你，伊琳"。

"嗯，我知道。"我停了停，又说，"其实你不用觉得抱歉"。

眼前这个男人，他不欠我什么，只有我妈有资格生气。我突然意识到，其实我也并不了解我妈，她当然不幸福，但她这一辈子是怎么消化这件事的？那棵树长在她的房子里。她是否也拥有她自己的秘密生活？我记得他们并不争吵，中年之后，两个人甚至相处得还算融洽，像两个终于摸清了赛事规则的、疲倦的队友，因为赛程过半，也就决定继续配合，打完全场。我年轻时候忙于跟自己缠斗，谁会想要去了解父母呢？父母不过是生活里两片剪影，像舞台上的远景一样不需要有细节。现在我年过半百，终于获得了一点点去体察他人的能力，但他们已经不给我机会了。

"你是怎么知道我父亲去世的消息的？"

恩斯特用手叠着餐巾的边缘。"你相信灵魂吗？伊琳。"

"嗯，没有亲眼看到的东西，我都不相信。"

"我也不信。我从来不睡午觉的，那天我本来要去修一下花园里的浇水泵，但我太困了，就在工具房的一张躺椅上打了个盹，然后我就看见了亨利。他穿一件深蓝色的夹克，胶鞋上全是泥，站在一丛灌木旁边。

他对我说：你不是一直想在那里吗？现在你可以在那里了。然后我就醒了，越想越觉得不对。"

我沉默不语，父亲走的那天，确实穿的是深蓝色的衣服。

"说来也奇怪，人上了点年纪，就忍不住琢磨，自己会以什么形式死掉。以前我常想，亨利死的时候，你母亲会守在他身边，我却不能在场，我就心如刀绞。他活着的时候跟她一起生活，我倒比较容易接受。我们已经让渡了活着的空间，我们还要接着让渡出死。反过来也一样，我死的时候，我的家人会在病床前，把我团团围住，看着我咽气，亨利却不能出现。"

"我母亲在这之前就去世了，这你也知道。"

我的意思是，如果他想参与我爸爸最后的时光，大可以来陪他生活。

他点点头："是啊，我知道。可我太太还活着。"

"你是不是还偷走了我爸爸的手枪？"

"被你发现了。"

"我并没有发现，是爸爸让我来找你的。他不停地敲那个抽屉，每夜都不得安宁。"

"亨利。"他嘴唇有点哆嗦起来。

"可能他是担心你做出可怕的事情来，所以他指示我来找你。你得把它还给我。"

"我想过，确实想过。亨利没走太远，如果我动作快一点，说不定我还能追上他。我知道他有这把枪，他从战场上带回来的。我也知道他藏在什么地方，以前有很多年，他必须枕头底下压着枪才能睡得着觉。去年议会通过禁枪令之后，他没上缴，这种小口径的手枪，弄不到持枪证的。但我一直没有下定决心，这太难了。"

我用了很多方式去画丽塔，有一段时间我喜欢用炭条。炭条是一种很霸道的材料，虽然它脆，易折断，但是它会留下所经之处的一切痕迹，就像所有发生过的事情一样。医生说的没错，丽塔的肝脏在硬化，身体每况愈下。她的容貌也在变化，鼻弓弧度越来越大，眼睛也陷了进去，肤色发黄，有时候看起来甚至是暗橙色的，紧紧地包着她的眉骨。整张脸像河流退去后，露出河床，然后河床也渐渐变干。我的画面上经常只有一团残暴的线条，我用手指擦出她的眼周和嘴角，那是她脸上最为柔和的地方，是河水尚未退尽之处。

她的财务情况一塌糊涂，偶尔有人会送来鲜花，但是没人为她支付账单，她拒绝再见以前的朋友，有时候甚至不肯吃药。"我看人没错，"有一次她对我说，"大概只有你肯付钱画一个垂死的老女人。"

她掉了两颗牙齿，说话的时候腮帮子开始吸进去。她把牙齿埋在阳台上的花盆里，然后哈哈大笑。

"也许我死了以后它们会发芽的。"她说。

我每个星期都回乡下去，现在晚上不再有恼人的声音了，也许是我习惯了，不再竖着耳朵谛听。丽塔说得没错，肉身总会消亡的，不散的是念头。死了的人，活着的人，念头和念头会纠缠，最后汇在一起，形成合力。

丽塔迷上了降灵会，但她总是独自冥想，偶尔喃喃自语，并不告诉我她看到或听到什么。她想搞清楚人死的那一瞬间，灵到底从哪里脱体而去。"你可以趁我断气儿的那一瞬间亲我，"她说，"只要你时间掐得恰到好处，没准儿可以把我的魂儿，一口气吸出来，然后吞下去。"

"听起来很恐怖。"

她耸了耸肩膀："这有什么，你就当你在吃一只牡蛎。吃牡蛎不就是这样嘛，提起来，就着嘴，要吸得快，反正人跟人就是互相吃掉的关系，所谓爱一个人，无非也就是你选择宁可被谁吃掉。就好比莱西吃了培根，培根又吃了戴尔，那些食物链顶端的灵魂总是很膨胀。我被很多人爱过，也折磨过很多人，现在我老了，落到你手里，我情愿被你吃掉。"我想她是衰竭了，灰了心，她已经六十六岁，如果她年轻二十岁，我一定不是她的对手。

"也许没有你想的那么复杂，也许我不停地画你，你的灵魂已经被我一点一点转移到纸上来了。"

"那我宁要个完整的，你画得太多了。"

我真的是画得太多了，东一张西一张的纸片，哪一张才能代表她？她死了以后我还在画，一直一直画。我对着她棺木中的睡姿，笔在纸面上扶乩一样移动着，有时还哆嗦，像失智了一样，直到殡仪人员忍无可忍把我拽开，钉上棺木。她的线条弥散开来，失去焦点，脸上浮现出斑块，手却紧握着。她变小了，河流细得快要消失了，最后的水滴也渗进了土壤。只有我看到这整个过程。我们画画的人，都自负眼睛像钩子一样，但现在我被教育了，世间盲目之人甚多，那些能看见肉眼不可见事物的人，才不是瞎子，真正的艺术家，应该具备为非物质赋形的能力，画出虚空的能力。

我订制了她的棺木,跟我雕塑的王尔德青铜棺木椅款式相似,如果她愿意,她可以半夜从坟墓里翻身坐起,在棺材上继续跟谁胡来。丽塔说,假使让她选她最喜欢的王尔德语录,她会选这句:"被烫疼过的孩子,依然爱着火"。

从1998年2月4日我们相遇,到1999年1月6日她死掉,我和丽塔相处的日子里,留下了近200幅写生,我销毁了它们中的大多数,留下40多张。最后一张是我在她下葬之后画的,我在木板上用亚克力画出棺木的形状,她的面孔在棺木上浮现出来,好像我有一双俯瞰的透视之眼。然而我对她灵魂的去向依然一无所知。

我希望她能给我一些提示,像我的父亲那样,半夜敲敲哪里,或者显示一些可供联想的迹象,但是没有。只有一次我梦见阳台上的花盆里开花了,那些花不长叶子,花瓣上密密麻麻全是牙齿,在风里使劲摇着。

到了春夏之交,天气回暖,我又恢复了清早去海边写生的习惯。海先是潜伏着,然后开始跃跃欲试,最后涨潮终于来临,一堵堵墙一样的海水,前赴后继,笔直撞向沙滩,像自杀式袭击。最近我一直在尝试用左手画画，我的右手太熟练了，一出手就不由自主地流露经验，但左手还保持着纯真，像刚刚学步的小孩，跌跌撞撞，有时还会捣蛋。一连画坏了好几根线之后，我觉得手在风里有点僵冷，就停下笔，使劲地搓。我老了，我的膝盖现在每天都隐隐作痛，有时候画得久了，画完会突然站不起身。我还痴心妄想，要在这个垂老的肉身里去召唤那个隐藏着的孩子吗？我一边这么想，一边伸手去包里掏着，一侧是多拉给我准备的保温杯，里面装着热红茶，一个三角形的手帕包软软的，应该是她做的鸡蛋火腿三明治，另一侧还有一个三角形的手帕包，摸上去硬邦邦的，很重，我不用打开就知道是什么。于是我把它掏了出来，用尽全身力气扔向大海。

即食眼泪

满纸荒唐言　一把辛酸泪

很久很久以前，有一位皇帝，嗜食泪水。

没人知道他这个爱好起于何时，可能是在吃厌了珍馐美味之后，在一次偶然起兴的亲热之时，尝到了宫女脸上的一滴眼泪。他马上理解了仙人餐风饮露可得长生的滋味，世间最上等的露水就是少女的泪珠。

然而露珠易得，泪水难求。这个国家的臣民，不知为何，并不擅长哭泣。历经战乱、饥馑、瘟疫、离丧……他们只是哽噎着咽下悲伤，迅速风干了泪痕，沉默地继续投入生活。长期缺乏抒发悲痛的渠道之后，这一族人渐渐习得了一种健忘之症，他们把真实发生过的事情，跟看过的电影、小说、诗歌混为一谈，可当他们试图去查找这些电影和书籍时，却总是一无所获，久而久之，他们就迷惑了，以为自己在发梦，这成了族人得以自愈和健壮的一桩本事。以前,皇帝觉得这样挺好,四海升平,共襄盛世,但嗜好上饮泪之后,他觉得这可太没劲了。

"他们怎么连哭都不会吗?哭还需要教吗?小孩儿生来就会哭!"他不满地对身边亦步亦趋的权臣说。

"陛下所言极是,哭乃人类最大的天赋。月有阴晴圆缺,人有喜怒哀乐。哀,实为七情之首。"权臣毕恭毕敬地说。

这位权臣,是国土范围内最为博学的人。不管皇上的脑瓜子里冒出什么想法,他都能脱口成章,调动相应的典籍作为佐证。皇帝敏而好学,到哪里都愿意把他带在身边,但权臣也解决不了皇上嗜泪的问题。

"爱卿,待寡人问你,你决计不要说谎,你多久没哭过了?"

权臣抬手拭了拭额。"说来惭愧。老臣上一次落泪,还是先祖平定叛军、收复边疆的时候。自陛下登基以来,风调雨顺,生民安泰,当此太平盛世,竟许久未曾哭泣。十年前慈父见背,我扶灵大恸,但也只闻哀声,泪道竟是干干的,真是枉为人子。"

皇上有些扫兴,连这个国家最聪明的人都不会哭,这事还有得救吗?他尝试过对宫娥用强,霸王硬上弓,逼她们掉泪，但她们在最初的吃惊过后，就摆出一副蒙主隆恩受宠若惊的模样，有好几位甚至憋不住笑场了，不但哭不出来，还曲意逢迎。事毕，倒是皇帝心里憋屈，怅然若失，觉得自家吃了大亏，有点想掉眼泪。

内务府已经想尽办法在帮他收罗泪水，但产量还是有限。他们打起了新生儿的主意，每个呱呱坠地的婴儿，发出人世间第一声号哭，接生医生就马上用一根极细的采泪管，吸走他们所有的眼泪。这种名为"初啼"的眼泪，按产地、年份、男女童性别，分门别类地贴好鹅黄色的标签，一瓶一瓶送入宫中。

一开始皇帝只是把眼泪当作美酒，小饮怡情，争奈酒量越喝越大。人类靠哭泣疏解心中郁结，类似一场小型排毒，每一滴泪水里，都携带着微量毒素，皇帝不知不觉中染上毒瘾，无法自拔，每日非泪不饮，到了得把眼泪当水来喝的地步。

这样一来，全国的供给就吃紧了。集举国上下之垂泪，不足以解一人之急渴。

对新生儿眼泪的榨取，也到了变本加厉的地步。孩子一生下来便被纳入集体养育，医院常常不给他们奶喝，婴儿们嗷嗷待哺，因饥饿而哭泣。但是不给奶喝也有一个问题，没有奶水摄入，身体水分不够，泪水也会不足。这需要精准的分寸拿捏,当护士们观察到某个孩子哭到偃旗息鼓,再也没有眼泪可分泌的时候,就开始给他喂奶。婴儿们一天天长大,渐通人事,他们已经摸清规律,只要他们放弃啼哭,脸上浮起奄奄一息的怪异微笑,就会有奶喝,于是像巴甫洛夫的狗那样养成了条件反射,他们哭得越来越少了。

而在另一边,人们发现,如果婴儿一生下来便被抱走,月子里的母亲,由于思念孩儿,也会哭泣,加之产后激素水平骤降,她们哭得撕心裂肺,情绪毒素极强,令丈夫们无计可施。泪水促进了乳汁的分泌,没有婴儿的吮吸,乳汁郁结,炎症和躁狂又引发了更多成分复杂的泪水。于是年轻母亲的泪水也被充分地采集了,这些泪水,据皇帝说,风味尤其独特,冰镇过之后,传递出复杂的味觉层次,令人胯下一紧,类似龙涎、乳香和没药的气息阵阵袭来,如同大海上拂过的咸风,雨林里泼过的疾雨,野性,暴烈,十分上头。皇帝饮后如痴如慕,为此水赐名"弥月"。

当婴儿长到不再轻易哭泣的阶段,他们就会被送回到母亲身边,但也不能一概而论。有时候,婴儿已经不哭了,而母亲还在哭,这个团圆就要再缓一缓,让初为人母的女子再多承受一段骨肉分离之苦。母亲们渐渐学乖了，那些率先停止哭泣的母亲，也最早领回了孩子。

且说京城南里贾府，家中世代袭官，富贵泼天，独苗公子名唤宝玉，顽劣异常，生性不喜读书，因祖母溺爱，镇日只在脂粉队伍里厮混。有位姓林的表妹，年幼丧母，祖母怜她孤苦，十二岁上便接来贾府教养。这位妹妹乳名黛玉，貌若天人，眉间半蹙如远山之黛，冰肌玉骨质比岫岩，非颦非笑，力压西洋摩娜离纱。天生得一段风流，目下无尘，自小体弱多病，药不离口，更兼爱哭，每天不是迎风落泪，便是对月长吁，闲了要么读书，要么吟诗，这两桩雅事，也都需要以泪辅佐。那贾家公子亦是有些痴病，恐妹妹伤了身体，常常软语温存，做小伏低，得了异国奇珍古玩，旧籍新碟，必要先送至黛玉房中，二人凑做一处，共同把玩赏析，兼又学了许多笑话像生儿在肚里，每日搜肠刮肚找梗，只要哄得林妹妹开颜一笑。

一年大二年小的，这对小儿女渐渐长大，贾家个把明眼人，看出他们情投意合，再怎么两小无猜，也是男女有别，生恐他俩情难自禁，做出什么不体面的事来，叫人看着不像。凡有生日节庆家族宴聚吊拜之事，总是尽量把两人远远隔开。几个贴身丫鬟，也都接了夫人的密授,"盯死那两个冤家",不许他们兄妹两个私相接触,凡有见面,丫鬟们都在场团团伺候,端茶倒水须臾不离,许多只眼睛铆紧了在他们身上,牧羊犬似的,不许羔羊迷途。只有老祖母不忍,私下嘀咕:都怪那和尚,说宝玉这孩子不宜早娶,不然就把林妹妹许了宝玉,岂不四角俱全?这些心思,众人日常不免带出来,被宝黛知晓,像捅破了那层窗户纸,反而不好意思起来。本来两个人哪天不见个四五回,林妹妹潇湘馆的门槛都叫宝哥哥的乌骓靴踩得矮秃了几分,现在倒好,林妹妹要自庄重,算着他要来,就提前躲出去。园子里劈面撞见,也只是远远站着问个安好就抽身离开。宝哥哥见她益发瘦得形销骨立,几件单衣穿在身上轻若无物,披挂不住,像是一团烟雾随时可以升空飘走,忍不住想像小时候那样上前擒住她袖子,问问她夜里睡得可好,一晚上咳醒几回。还来不及走近,黛玉早红了脸,轻轻退开几步,宝玉便自悟这些问题狎昵造次,幸而未出口,出口便是唐突了她。

可怜一对痴心人,心里牵肠挂肚,面上倒生分了,到了夜晚,又各自擎着旧帕子,多饶好几掬热泪。

只说那宝玉胡愁乱恨,坐卧无心,小厮茗烟见他闷闷的，忍不住问他："宝二爷为何总不得开心？丫头们不懂，说予茗烟听听，说不定倒能宽宽爷的胸怀。"宝玉这日违反宵禁，偷溜出门跟北静王喝多了酒，跟跄回府，蹬了鞋子倒头朝床里睡着，正不耐烦，见茗烟巴巴儿地沏了自己最喜欢的枫露茶来，一时酒酣心热，言语便有些不防头："按说这话跟你们说不得，但我这日夜揪心，林妹妹为我愁出一身病来，偏偏大事难定。她如今父母俱已没了，无人主张，将来终身靠谁？有老太太在一日还好一日，老太太要是没了，还有谁知疼着热？也只是任人欺负罢了。"

茗烟凑上前来，唉嗻数声，把右手掌背放在左手掌心里掼了一掼，悄声说道，"偏生老太太又病着，不然你们早日定了姻缘，岂不彼此放心"。接着声音放得更低，"照我说，老太太这个病情，也是要冲冲喜才好呢，说不定见你们行了大礼定了大事，老祖宗心里头一畅快，这病就好了也未可知"。

宝玉摇头："如今老太太病重，谁敢出头张罗？此事非得老太太开金口，别的人万不敢贸进主意。你也知道这府里，有多少个人就多少条心眼子，你不吃人，人要吃你。更何况天下大疫三年，百兴俱废，这家业也一日不如一日。不说别的，光是定亲行大礼这一项，便是违逆朝廷法令，聚集传疫，断断使不得的。老祖宗自打染病，一直单独隔离，凤姐姐带着周瑞家的，用九层纱把眼耳口鼻裹得密不透风，亲身守在门外。连我想进去请个安，照一照她老人家的金面，孝敬一两道清粥小菜，都不能够。万一哪天驾鹤西去，守孝又是三年，何谈婚嫁？就算我等得起，林妹妹这个身子骨也等不起。她本就肺虚气弱，此疫对她最不相宜，全靠着不出门不见人才保全到今日。她这一身的病，皆因不放心而起，我却不能教她放心。我自知愚顽，与家与国本来无望，只求能跟这几个至亲至爱之人厮混一世，谁知竟不可得。上不能对老太太尽孝，下不能对林妹妹尽情，天地之间留此一我，又有何用？"说毕滴下泪来。

这壁厢宝玉耽于儿女情长，不谙世事，竟全然不知外面的世界变幻。原来京城门阀世家结党营私、贪腐舞弊，危及社稷，为振乾纲，今圣明察秋毫，痛下决心一查到底。非但拔出萝卜带出泥，更兼挖出盘根错节的关系网络。但高官巨富历代皆联络有亲，官官回护，倒像一棵向黑暗泥土之下蓬勃生长的大树，地面之上枝繁叶茂，地面之下根深蒂固，一损俱损，一荣俱荣。为了扫除弊政，已把京城政要家族折损大半。

贾家仗着宝玉的胞姐元春进宫多年，德尚凤藻宫，早早被册封为贵妃，期间几度省亲，风头一时无两。结亲的几大家族里，甄家、薛家、梅家都被查抄谪贬，家眷男女被发配边疆，贾、王两家倒还稳健，自恃朝中有人护持，又不曾干大伤天害理之事，虽是心有戚戚，只说谨慎低调，混过这阵风头便罢了，没想到近日北静王水溶篡权通敌事发，干系到一众贾家子侄，坊间听闻得贾家要败，举报信如雪片般飞至官府，连贾家当家媳妇王熙凤，也被人牵出收受巨额贿赂，拆庙拆婚致人自尽横死之旧事。

皇上震怒：连一个大字不识的妇道人家，都敢弄权干政，谁给她的胆子？可见朝纲败坏到什么程度？万没想到，朕革除弊政，除到自己宫里来了！贾府管不好子侄，根子是有贵妃撑腰，有恃无恐，贾府之罪，首在贾元春！

若不管好贵妃，如何堵得天下悠悠众口？作为天下明主，皇帝打算拿出大义灭亲的态度，绝不徇私。一道密旨，贾家被连夜查抄，有爵位者即时革官，男女老少家人仆役，虽未投入大牢，皆原地软禁，吩咐刑部严密看管，足不许出户，亦不许自寻短见，日常供给，按罪臣规格暂时发放，费用从查抄物资中抵价缴付，只待皇上查明原委，听候发落。可怜元妃，深更半夜从毓琇宫被拖至大殿，连鞋都来不及穿，两只玉足在地上拖到流血，披头散发，掳去凤袍，当面问责。

元妃长跪不起，多年未曾哭过，泪道早已干涸，架不住惧罪羞愤，一时间喷薄而出。自诉对水溶罪行一无所知，虽与北静王妃交好，也不过是妇人之谊，眼下只求速死，替父兄抵罪。本来皇帝对宫里这几个资历稍长、家世尊贵的妃嫔已经很冷淡了，但见她不施脂粉的脸上如新雨洗过，像山谷里顶着薄薄流水的溪石，晶莹可喜又楚楚可怜，虽是早年间宠幸的旧人，此刻倒有了几分新意，不由得心下一动。又见那珍贵的泪水一串串滴落，由睫毛而到颧骨，由颧骨而到脸颊，由脸颊而到下颔，最后飞快滑过下巴，淌到了领子那里就消失了，瞬间被厚重的宫服吸收得无影无踪。皇帝眼巴巴看着，心下捉急，这简直是浪费粮食啊！他等不及喊太监用琉璃吸管和碧玉盅上殿采泪，亲自凑上前来，以唇相就，把元妃脸上如珠般滚滚落下的眼泪一一舔了。

那元妃本自哭得投入，想起家世之悲，深宫之苦，委屈得抽抽搭搭，泪水一发不可收拾，不防备皇上这欺身一舔，倒吓了一顿好的，泪腺顿时收紧。她深锁宫闱，圣上恩情寡淡，几时能跟男人挨得这般近了？加上那条湿答答的大舌头在脸上卷来卷去，着实奇痒难禁。哭到后来，她竟吃吃吃笑了起来，两人在地上和衣而抖，软做一团。太监进来吓了一跳，还以为这对老鸳鸯双双中风倒地，急忙扶将起来，才发现元妃娇喘微微，满面春色，而皇上一脸满足，沉浸在回味当中。

据皇帝事后品评，元妃虽然年岁稍长，不再有少女况味，但胜在圆熟丰润，如晚秋经霜之果。更因许久不曾哭泣，此刻急火攻心，初爆之泪珠便有酸涩，入口辛辣，微苦，口感炸裂，直冲囟门。元妃多年来养尊处优，着实有些胖了，身体里富含的油脂在泪水分泌上也有体现，主调渐次丰厚甘肥，如上好鹅肝在味蕾间融化。戴罪之身，又为这主调增添了一丝复杂的炭火炙烤焦香。到了尾调，百味杂陈，则亦发雍容正大，甜而不俗，纷而不乱，如舌尖上的交响乐。皇帝暗叹，毕竟是豪门贵胄之女，血统优越纯正，泪统也别具一格，加上即产即品，省掉了收集存放工序对泪水新鲜度的干扰，没有中间商赚差价，端的是一场味觉盛宴。

皇帝一心要为元妃之泪起一个出类拔萃的好名字，

他揣摩着滋味配比，这名字要兼有二分辣、三分苦、二分皇家风范、一分罪孽谜踪、一分甜和一分不可描述，方可拟得恰切。凡事事必躬亲、总是乐于亲自为泪水命名的皇帝犯了难。他想来想去不得要领，最后召来翰林院大学士，絮絮叨叨描述了半天。学士没有尝过这等至味，一时也很茫然。要是普通的瓶装泪水，产自民间，就算是限量版，他还能斗胆提出尝上一尝，以资文思，但品咂贵妃之泪，无论如何都有些僭越了，实在说不出口。好在无中生有乃是本朝官家文人之绝技，大学士自负饱读诗书，尤其精于用典，领了任务回去抱脑袋想了三天，陈上数十款名字供皇帝甄选。皇上文学底子不错，最后选了三个字：椒房雾。

名目一定，圣上龙颜大悦，连贾家的罪愆都觉得没那么严重了。自从大殿尝泪，他已心生恻隐，打算先狠办了主犯北静王水溶，压服口声，至于从犯贾家，谅他们也掀不起多大的风浪，不妨暂缓治罪，留观待定。他也从元妃的泪里得了灵感，命刑部专门收集罪臣之泪，审讯时便由两个小吏从旁擎大吸管候着，家眷子女概莫能外，按身份尊卑，采集封存。元妃免除了死罪，从冷宫紫幽宫中迁出，暂且安置在未央苑，尤其叮嘱太监宫女：一旦发现元妃情思忧结，有啼哭之意，千万别劝，速速来禀寡人。

只说那元妃，深知圣上虽是一时心软，但自古君王喜怒无常，一人之急泪，半世夫妻恩情，也不过是暂解了眼前之困，贾府之罪仍未免除。更何况在那之后，皇上几次入她寝宫，她过于紧张，泪水分泌相当勉强。要说第一次她哭是自然流露，后头这几回，都是为哭而哭且哭不出来，紧接着是被这哭不出来吓哭的。她看得出，皇上一次比一次不尽兴，旧爱难敌新宠，要是他再多来几次，她恐怕就真欲哭无泪。她也看得出，对她的家族，皇上虽然暂缓治罪，但也不想彻底免罪，他要用这罪吊着她，慢慢折磨她，令她痛苦，痛苦才会让她身上产出他想要的东西。她服食大量南洋菠萝、玉兰花瓣和虞美人花籽，以求增加泪水的芳香和成瘾度。也曾试着让宫女用辣椒和洋葱帮她提前催泪，但这两剂皆刺鼻，影响泪水的风味，也瞒不过皇上那比狗还灵的鼻子。忧戚之下，元妃急急重金密托心腹太监，借着传旨的机会，将一封紧要书信夹带送入贾府，呈父亲贾政密阅。贾政一看，汗如雨下，深知满族安危皆在此一举，但此事为难，还得女眷出面安排，只悄悄命人去传王夫人和凤姐儿前来商议。

那凤姐儿虽不识字，见着是宫里密传出来的书信，老爷又是这等气色，早已猜到大半。王夫人是个没成算的，嘴里只会说"这便如何是好"，凤姐倒暗暗拿定了主意，劝慰道，"太太不要慌，现如今也只好试上一试，林姑娘来咱们家住了这么些年，今时说不得往日的话了"。

王夫人一脸作难，在身上摸着帕子："我一则是为她，二则也是为我那个混世魔王。那时候他们小，紫鹃不过是说了个林姑娘回苏州去，你兄弟就魔障成啥样？那满府里都是知道的，怕不曾丢了半条小命！现今他们大了，心里也都存事了，若要是把林妹妹送到那见不得人的地方去，留下我这呆孩子可不得沸反盈天？要是再有个三长两短，不说别的，老太太醒了可怎么交待？"说着一阵心酸，便拿帕子在眼角边拭泪，却又是干干的。

贾政怒道："妇道人家！什么时候了，你还只知道回护那糊涂孩子？你可知这孽障犯下的事？累我百年家业，满族男女！这次若不能脱罪，我和宝玉纵有一百条命，怕也难逃出生天。幸亏老太太现在糊涂着，省了这摧心痛辱。老祖宗但凡是有福的，此刻走了，倒还是一生荣华，名节不败。"说到最后，声音已至劈哑。王夫人听了，一句不敢言语。凤姐忙解劝道："老爷，事已至此，急也无用，白急坏了身子，这一大家子还靠您撑着天呢。依我看，贵妃这主意甚好，因为大疫，宫中选秀已经断了三年，偏就今年疫事暂缓，倒恢复了。也是祖宗保佑，说不定是贾家死里逃生的机会。日子也紧，就在下月。我方才听元妃姐姐信里这言下之意，罪臣之女本无缘参选，好在姑娘姓林，如今只作姑苏盐司林氏之女，不提曾在贾家教养。料必还得元妃姐姐在宫里暗中使力使钱的运作，掩人声口。咱们倒要早作主意才是。"

贾政摊手冷笑道："主意？我哪还配有什么主意？我算命小福薄，一生没得个争气的儿子。所幸剩这一女，倒还意征鸾凤。贵妃的意思，我无有不从便是了。谁要胆敢拦着，我便是掐死宝玉，也不能让他坏了祖宗基业！"说着拿眼睛瞪王夫人，夫人吓得抖衣而嗽，只是干咳干哭。

凤姐转过脸来又劝王夫人："太太，此事不可不行。贾家若是败了，你想想林丫头这样未出阁的姑娘还能怎么了局？非是我歹毒，黄口白牙咒她，那入籍为娼都是有的。远的不说，近的就那甄家，平日里千娇百贵的小姐，最后死的死卖的卖，您也是深知晓的。

元妃姐姐说的没错，圣上癖好嗜泪，无泪不欢，林姑娘偏偏生性好哭，倒是天作合的一对。何况这天大的富贵，也不是害她，真要选上了，解了贾府之困，她一生体面荣华，贾家出落得一双凤凰，跟元妃姐姐在宫中也能互有接应。夫人，您想想林姑娘那脾性儿，要我说，也得是皇家的气格才接得住这种哭法，寻常人家娶了这等哭哭啼啼的，倒未必于家族气数有益。"

王夫人扯着嗓子道："这个我岂有不知的，我的意思也是这样，只怎么瞒过宝玉才好，免得节外生枝。"

凤姐道："这有何难？想这些年，也经了些事端，老爷太太且往回想，其实早有端倪，宝玉之命，命在通灵。那年丢失了通灵宝玉，宝兄弟就犯了糊涂，魂魄出窍，人事不知，求了多少名医皆不中用，夫人和老太太连带众人围着怕不哭死，但宝玉实在性命无虞，只因生就不是寻常人，到了关键时候，自有那一僧一道前来护持。如今贾府有难，宝兄弟也自忧心，依我说，倒不如暗中收了他那玉，严藏在要紧的地方，只趁宝玉昏睡失神，咱们密密筹备林姑娘之事，下个月送入宫中，完了大选，再把通灵宝玉物归原主，不过是白睡一个月大觉，省了熬煎。待他恢复神知，生米已经做成熟饭。宝二爷原是年轻男儿肚肠，见一个好一个，过得几年，咱府上恢复了元气，再聘娶几房美貌贤良的妻妾，也就丢开不提了。"

此计一出，连贾政都捻须点头，沉吟不语。王夫人擒了凤姐的手道："我的儿，有你在，我是放心的。此事就交于你了，林妹妹那里你张罗好。通灵宝玉是我这痴儿的命根子，须得我亲身保管，我已拿定主意，拿来用帕子仔仔细细包了，就镇在咱们家铁槛寺的鎏金菩萨座底下，让菩萨替宝玉暂且收着这一缕通灵，方才不得舛错。这个月我带着丫鬟就吃住在庙里头，守在菩萨跟前跪着，长斋念佛保佑你们行事顺遂，菩萨慈悲，断不会眼看着我们贾王两家……"她本待说"家破人亡"四字，只恸得说不出口，终于滴出泪来。

贾政见凤姐机变爽利，又识大体，心里也放心大半，交待凤姐儿道："入宫候选，本是你们妇人娘子的事，恐怕姑娘害羞，我从中说话不便，也须你去跟林姑娘开口。那林丫头，素日有些个左脾气，你只好言解劝，陈其利害，休要由她小性。"

凤姐听闻这话，停了一停，倒开口笑道："老爷此言差矣。姻缘大事，本该父母之命、媒妁之言，林姑娘双亲俱已没了，这事便应老太太、太太做主，只因此时乃非常之时，稍作权宜。我虽年长她几岁，只是平辈，又是外戚，左不过叫我一声姐姐罢了。何况兹事体大，交关着全族百来号人的性命安危，林妹妹虽弱，骨子里是个烈性要强的，万一不允，任性起来，寻死觅活，那时又待怎么处？老爷是她嫡亲娘舅，此事正宜老爷亲自主张，她倒不好违逆的。自然由我出头去说，只是老爷也要在场主事才好，晓之以大节，方才是礼。"

贾政闻言点头，深叹口气道："还是你想得周全，便依你如此行罢了。"

一时商议已定，便急急张罗起来，王夫人连夜命袭人趁宝二爷熟睡，从他颈中卸了通灵宝玉。王夫人亲自用帕子密密裹了，带着几个丫鬟，收拾了些随常衣物铺盖，搬进铁槛寺住下。果然第二天宝玉一醒来便有呆相，口角流涎，问他什么，惟痴笑而已，如同魔怔了一般，眼里没了神采，嘴里也说不出一句整话，推他，他身子是木的，给他个枕头，他便复又睡下。几个丫头尽皆慌了，忙着要跑去禀报，被袭人一一拦下。那袭人因有王夫人交了底，又有前几回宝玉迷神的经验，此刻倒不惊慌，只说你们好生服侍，断不许出去乱说乱问！查出来便即打死！吃便由他去吃，睡便由他去睡。只不许他跨出这房门，只消过得一个月，宝二爷就会安然无恙，老爷夫人自然重重赏你们。

丫头们虽心下狐疑，一时也不敢别有他说，只得上心勤力地照顾，好在宝玉也不吵闹，只是一味贪吃贪睡，比他正常的时候伺候起来还容易些。

那贾政和凤姐，推说王夫人病了，来跟黛玉说进宫之事，心下都有几分忧，皆不知黛玉会怎么个撕心裂肺法。谁知那黛玉一路听完竟不言语，也不悲戚，脸上一丝儿表情也无，眼神儿直直的。凤姐见她亦有呆意，心想真是冤孽，那个已经呆了，这里又呆了一个。不由得含笑推她问道：姑娘意下如何？那黛玉回过神来，细细朝凤姐面上打量了一打量，倒像不认得她似的。凤姐又问了一遍，黛玉便开口道："本来宝钗姐姐要走这条路的，不承想她家先败了，如今倒竟换我替上。"

贾政听见这话倒像是有几分情愿，心下大喜，道，"宝姑娘福薄，不比林姑娘生就是天人之相，在咱们家委屈了这几年，此番一去，必如凤凰栖梧"。黛玉微微一笑，说："罢了罢了，舅舅再不必说这等诳语。我原道不过是还神瑛侍者几掬眼泪，谢他当年雨露浇灌之恩，顺便下来游历游历，能有何难？没想到此劫竟还未完，还个眼泪水，还要这么个还法！此生此世，专只还给他一个人还嫌不够，还要拐着弯儿还给他全家，全国，全天下！这算什么哈得模式？"

贾政凤姐闻言皆是一愣，不知她疯疯癫癫说的什么不经之语，正待细问，这黛玉又哈哈大笑起来，对着空中直呼道是："哈哈哈哈！有趣！有趣！癞头和尚！跛脚道士！你们快出来评评理罢，宝玉这缩头乌龟羔子又躲在哪里？装什么没事人？他之前跟我说，我若嫁人，他出家当和尚去。我马上就嫁！下个月就嫁！你们快问着他！如今他到底当是不当？若是当了，就速速给他剃度，把他带回青埂峰销账！顺便帮我问问，我这债何时能完？我们一起来的，怎么着不能一起走?！"

贾政凤姐听她声色俱厉，越说越不像，心中俱想：完了完了，此人已是失心疯了，这副口眼歪斜的模样，就算能顺利送进宫里去，也是个疯婆子了，恐怕还要惹祸！但黛玉嚷完这一通，朝空中直勾勾地看了一会儿，复又安静下来，凝神屏息，回归了大家闺秀的静气。她瞧也不瞧贾政，只对凤姐缓缓开腔道："姐姐这么个聪明心肝玻璃人儿，反被那帮子糊涂男人利用了，殊不知人间种种，如警似幻。今儿我越性说破了。我再告诉姐姐一句话，你且记着，三春去后诸芳尽，各自须寻各自门。"

凤姐闻言，身子如被人猛的一撞，说不出的大惊大骇，心想：这原是东府里小蓉大奶奶仙逝那夜，她在我梦里念的那两句，这世上再无人晓得，黛玉如何知道？在此刻说了出来？她看着黛玉修身玉立，袅袅婷婷，周身光华夺目，毫无半分人间烟火气色，突然既敬且怕，不由得朝黛玉拜了下去，口中说道："熙凤愚钝，大祸临头方才自知，妹妹如肯出手相救，我愿来世做牛做马，报答妹妹的恩情。"待她抬起头来，林黛玉早已不在房中。

黛玉没有反对进宫选秀，倒让凤姐心里有些不踏实，后续所有那些安排：裁缝量身赶制新衣裳新鞋袜，找顶尖的画师来画肖像，学习宫里规矩……黛玉也一一服从。凤姐怕她只是面上应承，暗中偷偷寻了短见，隔三岔五便找紫鹃打探。紫鹃说姑娘饮食起居倒跟从前没啥两样，煎药服药也都照常，只有一桩可纳罕，从前日日好哭，哪天不哭个七八回呢？便是一个人在廊下怔着，也是眼泪汪汪，泪道总没干过。自打上次回来，竟再没见姑娘哭过一次。顶多只是冷笑，每天守着个炭盆子烧她的书和诗稿，一边烧一边咳，把潇湘馆里弄得烟熏火燎。姑娘本来藏书颇丰，这几天也烧得差不多了，昨儿还把几条旧帕子也烧了。那几条帕子，也不知哪年得的，上头还题了诗，姑娘爱如珍宝，天天攥在手里，布料都使稀了，还舍不得丢，昨儿看都不看就扔进火盆里了。雪雁到底一团孩气，白问了句，姑娘你把帕子全烧没了，以后都不哭了不成？紫鹃说到这里，看了凤姐一眼，就不说了。凤姐道，你但说无妨。紫鹃便又接着说，姑娘便笑了一下子，说，怎么？怕你凤姐姐不给我置办新帕子不成？只怕加量置办，一辈子都使不完呢。

凤姐听了，脸上一红，她还真是让家里绣工加班加点给林姑娘绣了好几打新帕子，各种颜色，好搭衣服的，还没绣完呢。楚王好细腰，宫中多饿死，自打皇帝添了嗜泪之癖，民间早盛起了帕子风潮。豪门千金随身带的帕子都是金丝银绣，喷各种催情催泪的香料，时不时掏出来在眼角拭上一拭。宫里宫外，皆时兴画一种"星泪妆"，上下眼皮子都抹得红红的，眼角朝下撇描画眼线，像是刚刚哭罢，或者随时能哭，脸颊上贴几粒泪滴状的透明水晶，看起来泫然欲涕。就连画师画的选秀图，也会在秀女眼角贴几粒晶片或云母，暗示着她丰沛的哭泣能力。哭是秀女的美德，凤姐本自对黛玉的哭泣能力蛮有把握，听紫鹃这一讲，万一林姑娘哀莫大于心死,就此不会哭了可咋办呢?

许是王夫人在铁槛寺日日念经真的管用,选秀之事一路顺遂异常,贾府买通守门人,一顶小轿,趁黑提前数日把林姑娘并几个贴身丫鬟从荣国府里偷偷运了出去,送到姑苏会馆密住,只说盐司之女刚刚进京。到了大选那天便从姑苏会馆进宫,教人瞧不出破绽。皇上窥见黛玉那似蹙非蹙、含嗔薄怒的俏模样便情难自禁,只想一亲芳泽一尝珠泪,又见她周身傲气,粉红微肿的眼睑,一望而知是天然,不像其他美人靠硬画出来,听闻此女极是善哭,心下一喜,当场册封为贵人。

说也奇怪,皇帝平日颐指气使,到了黛玉这里偏不敢造次,嘘寒问暖,作小伏低,又怕美人哭,又怕美人不哭,小心翼翼,生怕一口大气,就吹倒了这倾国倾城的貌、多愁多病的身。黛玉本来极冷淡,拿定主意绝不拿正眼瞅皇帝一眼,如今见他这副德性,活脱脱倒变成另一个宝玉,年老发福的宝玉。想起宝玉,心里一痛,泪水便模糊了眸子。不知宝玉现在何处,知她要进宫,怎滴面都不照?连个像样的告别都没有,魂梦更是再不相通。想是男人懦弱,为了保命,便舍出她去。原只道同死同归的,不想孤身遭此荼毒,别人羡她富贵，可她已经看到了终局：违心即是薄命。

皇帝早不会哭了，瞧着黛玉哭得梨花带雨，像古往今来唯一一个真正会哭的人，替所有人发出他们的哭声，心疼得不知如何是好，亦不敢上前轻薄饮泪，竟也一屁股坐下哭将起来。两人毫无话讲，只是对哭，凤姐给订做的软烟罗纱帕哭湿了一条又一条，哭声越来越大，连太监宫女都加入了吟泣。宫里宫外，一叠叠悲声大作，此起彼伏，轰隆隆的巨雷贴着琉璃瓦过去了，闪电如银白的雪刃劈开大地，瓢泼大雨没日没夜地浇下，大江大河决堤而溃，不知从哪里泄流下来的洪水奔涌，流离失所的人们终于会哭了，他们哀号着四下逃命，眼睁睁看着水流冲走了他们的房屋和牲口，目之所及，皆成泽国。

在没完没了的山洪和雨水中，大山变成了小山，小河变成了大河，平原变成了湖面，盆地变成了深潭，连绵不断的山峦，变成了大海中星星点点的群岛。只有大海还是大海，即便变成了更大的海，也只能享有大海这一个名字。自打建成以来几百年不曾淹水的皇宫旋即被淹没，日晷和龙椅都在滔滔白水里漂没影了，只剩宫殿顶端蹲坐的瑞兽露在水面之上，水波动荡，远看仿佛几只水生动物在游泳时不断探头出来换气。

黛玉早不见了，但那道哭声还在，不止不休。大口喘着粗气的皇帝死死攀在殿顶横卧的一条螭龙之上，那是忠心耿耿的太监小李子用尽最后一口力气把他顶上去的。洪水一分分上涨，皇帝不敢松手，张开嘴巴呼救却发不出一点声音，大雨泼进他的嘴里，他浑身冰冷湿透，已经几天几夜没吃过一点东西。此刻的雨水，他尝了尝，居然是咸的，酸涩，带着汹涌的土腥气，就跟人的眼泪一样。

后街往事

这一带，地名起得随意。学校右边高坡上原本是片荒地，校工收拾出来，种了花草，几棵景观树，搭间凉亭，放些奇奇怪怪的雕塑，但名字还是暴露了出身，这里叫南瓜园。据说日本人屠城的时候，在这杀了不少人，血把大地染红，腥气经久不散，后来成了一方黑土，油沃沃的，肥力惊人，野南瓜疯长，只没人敢摘来吃。寿数未尽的冤鬼，把没使完的命力从泥巴里拱出来，东一个西一个，圆的，半藏在藤蔓里，倒像长出一地人头。站在高处，目力好的，能望见长江，长江是灰蒙蒙一条，远看没有波澜，也不折射天光。视力至不济，能把学校后门那一条小街尽收眼底。那街名叫后街，也是敷衍了事的名字。可见这里不重要，从来都不重要。

　　后街有过好几个学名，之前一任主政官，见沿街都是古董文玩店，街面虽窄，也是一方文脉，给起个名字叫藏宝街。又过了好些年，城市改造，护城河清淤，沿河修了步道，种了垂柳，水清木华，又改名叫清柳街，这些名字只存在于地图和标牌，风雅归风雅，就是叫不响，街上人一片茫然，还只说后街。

老鲁就是高老师从后街上拉来的模特，臊眉耷眼，手里拎了只脏兮兮的乾隆粉彩大花瓶，腰上别着烟斗，一进教室，高老师拉过一张掉漆的靠背凳子，说，就这儿，你脱吧。

老鲁看看我们，呀地忸怩起来，腔沟子都夹紧了，像真有谁会上去扯他裤子似的。这，这还有女的捏，你也话，话没说清楚，这，这不中。他竟丢下花瓶把脸握起来，我们笑得前仰后合，把铅笔拍在板子上。

高老师一张脸很冷，他本来样子就凶，胡茬不刮，牛仔裤不洗，个子不高，走路打横，也不劝，一把把老鲁的长烟斗抽出来，塞他手里。你抽你的烟，当他们不存在，你现在在泡澡堂子。老鲁哆哆嗦嗦脱，洞房花烛的新娘子都没他脱得艰难，最后剩条裤衩，死死攥住不松手。这个照死不能脱了，哎呀，羞死先人了。高老师早已经不耐烦，走到窗边抽起烟来，挥挥手让我们赶紧开画。

以往模特过来，高老师还摆弄一下动作造型，有时还要开个稿子，今天被老鲁弄烦躁了，可能也怕他紧张，连示范都懒得示范，就随便。其实老鲁那条裤头也没有捍卫的必要，布料稀得半透明，四边软塌塌地垂下来，他夹紧了卵子坐着，两个手抱住头，手肘撑在膝盖上，像梵高画过的那个发愁的老头，浑身都是短促的直线。烟斗也没点，就横架在腿上，指望能遮着点。

这学期老高给我们引来不少模特，都是他挑过的，算他的趣味。女的画肉，男的画瘦，他说。他很少找那种通常意义上的俊男靓女，他寻来的模特，都是一副被生活搓磨过的模样。老高新画了一幅高达三米六的巨幅裸体胖女人，去他画室的都见过，从屋顶一路到底，正对着门，开门见山，高山仰止，一座巨大的肉山，两腿交叉，形成一个角度，那是山洞，我们正在走进去。胸腹之间层峦叠嶂，要波涛有波涛，要沟壑有沟壑，男人把头扎进这堆肉里，能一秒升仙，瞬间窒息而死。不知模特是谁，激起高老这般纵横。老鲁够瘦了，筋骨毕现，脊柱突起，一粒一粒算盘珠子似的椎骨分明，不但瘦，而且皱，皮肤像皱出来的，这就是耐画的模特，相当于人形太湖石。

接连来了两天，老鲁就松一些了，但他还是穿着裤头，我们也随他去。我们班从上个学期才刚刚开始画人体，课时也不多，有时候，我比模特还尴尬，我不太能用眼睛直视同类的身体，那像犯罪，是一种公然掠夺。我得练习这种掠夺，训练自己冷静地、厚颜无耻地看着那些命定要被我们看的人，不放过每一个私密之处，但你不能一开始就把目光奔向那里。你得从头开始，顺着脖子一路看下来，先得到一个整体，然后再把人拆分成可操作的块面和线条。你可以的，你妈解剖的时候也这么干，你得狠起来，你有她的基因，哪怕蹭，也应该蹭到一点点，她用刀子，你只要用眼睛，我对自己说。

值得细看的是那些拐弯抹角的地方，暗无天日的地方，它们像森林里大石头突然被翻开之后裸露出的地表，土腥气腾起，带着潮湿和苔藓，还有常年的压痕。胳肢窝、膝盖弯、脚后跟、耻骨和大腿的楚河汉界、屁股最下面的垂坠，连接处的褶皱，它们和光线之间的关系，角度和阴影。我能想象我妈用手术刀划开这些皮肤时的手感。小时候我常看到她剥兔子，可怜的兔子脑壳已经被敲过，四肢张开被钉在树上，眼睛半睁半闭，如果没死透，吃巨痛的时候还会猛睁一下。兔子，当然，分公母，但在我看来所有兔子都是女的。她们大多灰褐色，警觉，无声，有时也有雪白的，显得格外无辜，但我妈一视同仁，她面无表情，用力呼啦一下，从上到下拽出一张完整的兔皮，翻卷过来，像在脱一件带血的毛衣，我已经抱着另一棵树在吐了。我们家总吃兔肉，解剖实验室里没上过药的兔子都是可以吃的，我妈会带回来，换一种手法料理它们。不吃干吗呢？这难道不是肉吗？

老鲁从乾隆大粉瓶里挖出点烟叶，塞进烟斗抽起来，散发出一股很呛的味道。韩小四很神秘地转过身来，用铅笔捅捅我说，我怀疑，他抽的可能是楼底下冬青树的叶子。

我撇撇嘴，没说话，忙着铺出老鲁肋骨处的阴影。

下课了，韩小四在路边东张西望，我拎着水壶走过去，他马上跟上来。

怎么？又生气了？

我不看他，继续走，他也不说话，就在旁边跟着。我们穿过后街，沿着河一路往南走，很多人骑着自行车从我们身边擦过，这时候韩小四就让一下，走成一前一后，等车子过去，他又并排上来，也不试图交谈，就这么走到我家楼下，我上楼了，从楼梯拐角的窗户里，看到他在自行车棚前悻悻地站了一会儿，还没等我爬到五楼，他已经走了。

对于画人体模特这个事情，我妈比我紧张，我刚上美院那会儿，有一回，我爸也在，她支支吾吾地问我，你们这个人体模特课，真画啊？我一开始没听懂，当然真画，唱歌可以假唱，难道画画还假画吗，后来我才反应过来，她其实想问的是，他们当真脱光啊？

真画。我说。我看见她跟我爸飞快地互相对了一眼。

模特男的女的？

这不一定，这学期是女的。

第一学期的女模特，为了破除我们的尴尬，高老师找的是个熟手，据说已经在我们学校当了好多年的模特，没人知道她真名，大家都叫她嘉宝。她长着嘉宝一样的宽脸，皮肤极白，薄嘴唇，画高高挑起的嘉宝同款新月眉，可惜鼻子是亚洲人的，稍嫌塌了一点。她不算美人，只是气质独特，有神秘感，也很入画。一进教室，大家都看她，她不看众人。脱衣服的时候，故意慢慢吞吞仰着脖子一粒一粒很郑重地解她高领绸衫脖子那儿的一排扣子，那扣子极密，小珠子似的挤在一起，都是同色布料包扣，看她手指头在那里不疾不徐半天，也看不清楚到底解开没有，连高老师都不敢催，男生们平时一副见多识广吊儿郎当的样子，此刻也明显紧张起来，空气里有一张弓渐渐拉满。后排有人失手打翻了洗笔罐，发出"空"一声巨响，吓了我们一跳。幸好当天只是画素描，罐子里没水。

高老师工作室里那张巨幅女人，有人说就是嘉宝，那种睥睨疏淡的神情是有几分像，但嘉宝并不算胖，她只是高大，富有体积感，她的身体并不年轻了，有些微妙的弧线已经失去了张力，但看不出是否生育过。我慌慌张张开了稿子，画坏了两张。

见到嘉宝以后，我才意识到，我之前在各种展览开幕式上看到过她。她很好认，个子高，穿衣服又出挑，贵妇风，夏天长裙，冬天穿民国款的呢大衣，掐腰身的那种，头发一丝不乱地盘个髻在脑后。美院知道她的人很多，但她不跟任何人打招呼。看得出来，嘉宝很享受所有人都偷偷看她的快感，她如鱼得水地滑行在日光里，脖子笔挺，自顾看画，一言不发，目下无尘。论派头，我一直以为她是某个来出席开幕式的大领导夫人。

要是我爸我妈知道我这学期开始画男模特了一定会很不爽，我暗爽地想。

等画完老鲁，我敢不敢把画拿回来挂家里？可惜老鲁还穿着条裤头，堪比大卫的无花果叶子。一开始我以为他只是每条裤头都长得差不多，后来发现老鲁每天穿的都是同一条，后边已经破了个豆大的小洞洞。崩出来的，男生们说。女生一边皱眉一边笑，也有人很诚实地连那个洞洞一起画上了。

我们班画得最好的是韩小四，他手比谁都快，准头好，就是不认真，常常画到一半，他就开始胡来。高老师偏爱他，认为他有才，下笔泼辣，胆子大。下课的时候，如果他们一起站在走廊里，高老师抽烟也会抛一支给韩小四，还给他点火。他那些稀罕的外国画册，只有韩小四可以乱翻，翻到喜欢的，直接顺回去看，整整一个学期不还。韩小四画过一张小尺幅的高老师，把他画成了年轻时叼着香烟的库尔贝，只是两侧腮帮子上的肉，斗牛犬一样垂下来，眼神凶狠，布满血丝，像个悍匪，颜料上得很厚，下笔刀劈斧砍。老高竟然很高兴，连称牛逼，当场就收藏了，挂在自己的工作室里，就挂在那个胖女人一旁，那脸虽凶，也只有胖女人的一只膝盖大，像小人国和大人国。

老高有一次抽烟，跟班上其他男生说，你们不要看罗秦现在拔尖，女的，没戏，十个有九个半，出不来。美术史上有多少女的？后来都去哪儿了？年轻时候，再怎么仙儿似的，画再好，等她一结婚，一生娃，就，泯然众人矣。这话是尹涛学给我听的，他算跑来献殷勤，语气学得很像，还泯然众人，还矣，听着就来气。我想到老高说这句话的时候，韩小四肯定也在场，而他什么也没说，就更气了。

已经快要放暑假了，天气非常热，校园里的蝉发了疯一样嚣叫，人长久沉浸在一种高分贝的耳鸣错觉里，内心火烧火燎。我赌气一样，发誓要把老鲁的写生画得让所有人心服口服。

那天韩小四前脚刚走，我妈进门了，我怀疑他们俩是不是在路上打了照面。韩小四最近来得勤，我妈要起疑心了。但那天她什么也没说，心不在焉的，手里提了一个灰麻袋，麻袋装得半满，口上扎了几圈，可能是回家晚了，一进门，她把麻袋立在沙发边上，就去洗手做饭。厨房飘出饭香的时候，我听见有人敲门，敲了一会儿没人应，我妈可能没听见，于是我走过去，把门打开，是我大表哥，他又胖了，一个马尾绑在脑壳后面。他也在我们学校，已经留校当老师，在工业设计学院，做首饰设计，但他自己总是穿得很拉垮，既不戴首饰也没有设计，你要说他是个厨师，或者包工头，也完全可以。

表哥是来拿东西的，他一眼看到了那个麻袋，笑了起来，两个肩膀一抖一抖的。嚯，不会吧？怎么搞这么多？

我妈一边擦手一边出来了，她对表哥说，你赶快拿走，我出来就后悔了，刚才公交车上面我都担心死了，我怕人家查，万一呢，说不清楚，要说又是个事了。你骑摩托车来的吧？那最好，你赶快拿走，别坐公交。

我问我妈，这口袋里什么呀？我妈没吱声，表哥按捺不住把袋子解开了，他把袋子抖了抖，又伸手进去翻掏了几下，连声说，好，好好，这不错。我才要勾头去看，我妈已经三下两下把他推出了门。

我从小就弱，早产三周，生下来的时候一度不哭，被抱进儿童观察室里单独照顾，一周后才抱回到父母身边。长大了依然胆气不足，而我爸妈，一个学药理，在省卫校的解剖室工作，另一个是考古专家，干古墓发掘的，都是那种白天不怕活人晚上不怕夜鬼的性格，有时他俩在家拿小盅喝着白酒会拿我开玩笑，是不是生下来头一个星期里就被护士抱错了？随我们俩中哪一个，胆子都不至于这么小啊！长得也不像，瘦孤伶仃，小眉小眼的。

他俩都是一身本事想往下传，不甘心，还拿我练过。马王堆一号墓发掘后，虽然不是我爸他们挖的，但他作为外援专家也会过去参加联合考察，又过了好些年，一次讨论辛追尸体保存不当引起的脱钙应该如何处理，他特意带上了我，那时候我还很小，在家里成天听爸爸说有一个两千年的老奶奶，经过解剖，肚子还有一百多颗半甜瓜子，她跟我一样爱吃瓜呢，于是很想去看一看。到那儿我就后悔了。老奶奶已经被解剖过了，内脏零部件被泡在玻璃罐子里，其实跟我妈的实验室区别不大。早年真是不讲究，尸身虽然装模作样做了个玻璃罩子，专家来了也是可以打开随便看，我已经扭过头去了，我爸为了训练我的胆量，两只大手一掰，硬是把我的头拧了回来，逼我直视那张脸，很兴奋地说，快看快看！多好啊！以后可就看不到了。

我人小，个儿矮，视线跟台面齐平，那张脸因此近在咫尺，像某种视觉特效。完全说不清我看到了什么，只记得有一条舌头。因为压力的变化，老奶奶那条已经毫无血色的舌头竟缓缓蠕动着又往外吐了一点，软塌塌地挂出来。加上之前坐车颠簸，我当场就吐了，现场的人手忙脚乱，最后不得不叫工友用火钳夹了一个用过的蜂窝煤球来，压在我的呕吐物上面，用脚踏踏碎，再拿簸箕撮出去。给别人添了麻烦，我爸觉得特别没面子，大声斥我没出息。湖南当地馆里一个阿姨出来打圆场，安慰我说，毛四毛四。她端一个很大的搪瓷杯子，倒了点热水叫我漱口，又摸摸我的头，把我领出去，到她的办公室里坐着。我只记得她穿了一件大红的衣服，腰身有些胖，杯子上印着"为人民服务"五个大红的毛笔字，连她的脸都没看清，羞愧得全程不好意思抬头。

后面两天，爸爸出去公干就没再带我，把我一个人关在招待所房间里，嘱咐我写作业，我趁机白天补觉。白天好一点，我可以用被子蒙住脑袋睡。我不敢跟我爸说，接连几天，晚上我吓得睡不着，招待所房间的绞花窗帘，在夜光里像盘绕的暗色大蛇，它们全部活了过来，带着嘶嘶的响声，软绵绵的身子，煞白的脸，此刻正缓缓蠕动，不断往下吐。

我妈一直希望我长大能学医，但我后来还是选了艺术。在我父母眼中，学艺术，约等于不学无术。她对我画人体的担忧也很滑稽，她自己十八岁就上了卫校，要学解剖还不是要面对全裸的尸体么？可能死人的身体不涉及色情，活着的都不好说。

这学期我们开始画男的了。表哥走后，吃饭的时候，我故意轻描淡写地说了句，难得那天我爸不在家吃饭，只有我妈一个人，说起这个就容易些。我妈马上把筷子停了下来，说，要死了，什么人？

一个老头哎，可能也不老。但看起来老。难看死了，没什么看头。我也不知道我为什么要这样说，其实老鲁也没那么难看，他只是土，反而挺入画的。

还有男的肯做这个？我妈匪夷所思。

我听我们同学讲，他什么都做。他是后街上面文物店里头的托儿。他们经常派他在街边上站到，他样子老实，装农民，卖祖传老东西那种，你问他什么，他都装不懂。有时候呢，在店里面，有人来看东西，他就在边上一起看货，帮到抬价。

你们同学怎么晓得的呐？

他喜欢逛古董店哎，他说有两家店的老板，私底下都是刨坟的。他们出去刨坟，老鲁负责下洞，所以身上不干净，脸色发青，阴气太重。他们这种行当，三年不开张，开张吃三年，估计最近天热，没开张，就到学校赚外快。他到我们学校来，不白来，天天手里头拎个大瓶子，想趁机卖给老师。

我妈笑了起来。卖出去没有？

哪个买啊？乾隆粉彩，难看死了。我看今天还拎着呢，反正我们高老师是肯定不会买，他看不上这种花里胡哨的。他喜欢汉代的东西，你看他颈子里头那块玉。

我妈脸一沉，不说话了。我嘀嘀咕咕又说了很多，她都没接茬。于是我问她，表哥刚才拿的那一麻袋东西，到底是什么啊？

骨头，要命呢，也不晓得他现在到家没有，连个电话也不打来。

骨头，全是骨头？

他不是做首饰嘛，说想用金子打一个骨头的系列，让我找点骨头给他做样子，参考一下。

那你给他那么多？这种不是给几根就好了嘛。

是给多了，但骨头跟骨头不一样，我们那边反正多嘛，我想每个形状每个部位都给他找几块，实验室里面不觉得，我一走到大街上来就觉得不对。这要被人抓到了，还真说不清楚，就算说清楚了，也不合规矩。

是说不清楚，我想，那可都是人的骨头。光天化日的，提着一袋人骨在街上走，还坐公交，城大碎尸案还不过就是去年的事情。也只有我妈。天不怕地不怕的，现在她开始担心了。你说，你表哥不会给人看到吧？他糊里八涂的，到时候东一根、西一根，散在他工作室里头，给学生看到也不好，我等下还是打个电话提醒他一下。

他说好了会还给你么？

我妈呼啦一下子站了起来。要死了，当然要还。不还还得了，这都是解剖室的库存，派用处的，他可得赶紧还我。她把碗一推就起身去给表哥打电话了。

关于我妈，我一直有一个重大的疑点。去年城大的碎尸案你们肯定都知道了，全国人民都知道了。有一个作家，因为知道的太细，写进了小说，还被当成嫌疑人抓起来了。后来查来半天，不是他，只好又把他放掉。警察里里外外忙了一大圈，一直没能锁定凶手。本城的女孩，直到今天，天黑了不敢一个人在街上走，韩小四每天护送我回家，也是因为这个，他知道我胆小。

按照警察的分析，凶手应该是具备丰富医学知识的人，他分解尸体的手法相当专业，对人体结构也很熟悉。抛尸发生在马鞍桥，那条漫长的小巷，虽然狭窄，但毗邻闹市，日常人来人往，并不偏僻。入夜了，还能看见有人推着小车，车上架了液化气罐头和一口半人高的超大卤锅，里面煮着猪蹄，汤汁里浸泡着卤花生米。五香和油脂的气味弥漫开来，晚自习结束的大学生，散步的情侣，刚刚下班的护士，闻到这种香气，会立住脚，花不多的价钱，买上两只滚热的猪蹄，装在塑料袋里，两只手频繁交换地捧着，吃将起来。如果有人在这里随手丢几个塑料袋，没有惹起注意，想来也算合理。按照这条路线，警察沿途锁定了好几家医院和学校，我妈所在的卫校也在摸排范围之中。听说这个消息之后，我又兴奋又恐惧，像是已经提前知道了谜底。

吕苇，肯定是他，是不是？我追着我妈问。

瞎讲八道。我妈气得翻了我一个白眼。他有不在场证明。

谁帮他证明的？警察都问你们什么啦？我好奇得简直站也不是坐也不是，但我妈就不理我了。看得出来，她气不顺，而且心烦意乱。

吕苇是我妈妈的搭档，卫校的解剖室就他们两个，他比我妈小七八岁，是个出了名的怪人，但我妈欣赏他，他们两个特别谈得来，也合作实验和一起撰写论文，我妈常常回来讲，吕老师聪明绝顶，天生是搞科研的料。他确实很早就绝了顶，发际线向后退去，有一双筋骨毕露的、修长的手。但他不难看，皮肤苍白，高鼻深目，像个少数民族。人很瘦，戴黑框眼镜，显得眼睛更大了。我小时候去妈妈学校玩，见过他几次，那时候他头上的头发还很齐全，记得有一次，他拿一个竹编的小笼子给我看，笼子里是他抓到的蛐蛐儿，那只蛐蛐个头不大，神气活现，尾生两刺，叫声惊天动地。他捧出几朵不知从哪里摘来的南瓜花，让我从竹笼的洞眼里塞进去，喂给蛐蛐吃。

这是蜈蚣蛐蛐，所以特别厉害，知道吗？他告诉我说，他翻开砖头发现蛐蛐身边爬着一条暗橙红色的蜈蚣，就知道逮到宝了。这种跟蜈蚣共生的蛐蛐特别凶，牙齿带了毒一样，在任何打斗中都宁死不屈。

再大一点，我就不肯再去妈妈的解剖室，那里太吓人，对吕老师的印象就停滞了，但我妈常常带回他的消息。他一直没结婚，大概因为工作性质有点 人，又或者是他自己性情古怪，谈过几任女朋友，没多久都吹了。我妈一度很热心地给他做媒，甚至把自己的表妹都介绍出手，最后也败下阵来。我妈后来跟我说，她丧气地意识到，她干的这份工作，对于大多数人来说都很吓人，大概只有我那个纯阳体不信邪的老爸，才会觉得她的工作很酷，这么多年来给了她很大的错觉。

作为一个老单身汉，吕苇的怪癖越来越多。解剖室里有一个福尔马林池，里面泡着医用尸体，这是教具，熟悉了也就进进出出不以为意。他晚上常常一个人留在学校做实验，做得晚了，有时就睡在学校里，他的办公桌旁边就收着一张折叠行军床。他把池子里的标本移出来，福尔马林放掉，就放水自己在那个池里洗澡，洗完再把池子恢复原样。学习解剖，第一关就是要破除对死亡和身体的恐惧，树立起一种科学的大无畏。一年级新生的这一课，照例是吕苇上，他有一种科学狂人式的大胆，在整个学校都是传奇。学生们绘声绘色地描述，老吕是如何面无表情地从教学用的标本上，用手术刀精准地切下很小的一片，在自己唇上长久一贴。接着，对那些惊魂未定的新生崽儿说，你们看，这有什么呢？这是无菌的，很干净的呀。

两年前，吕苇出了一次事，他体罚了班上一个女孩，那个女孩迟迟不敢下手解剖兔子，吕老师说破嘴皮，她只是呆呼呼地看着他，一副可怜样子，几乎要哭出来。吕苇抓起实验室的风扇在她头上夯了一记。那种风扇虽然有铁罩子,但缝隙很大,女孩的头发呼啦被卷进去了,连皮带发拉扯掉一大片,幸亏几个眼疾手快的男同学及时拉掉电源插头。连我妈都觉得无法回护小吕了,回来说,小吕这次惨了,铁定要挨处分。女学生被送进了医院,两天后,她的父亲从安徽乡下赶来。学校很紧张,怕家长讨说法情绪过于激烈,收不了场。没想到那个小个子的安徽农民握着教导主任的手说,我当过兵,我坚决支持学校对孩子严加管教。

这也是为什么我总怀疑吕苇跟城大碎尸案有关的原因,报纸上长篇累牍地描述城大那个被害女生是多么老实、勤奋,相貌不出众,来自农村,性情内向,安分守己。我抖着报纸问妈妈,你不觉得这个女孩,跟你们学校上次出事那个女孩很像吗?她们就是那种会让吕苇不耐烦的女孩,他就会觉得:好,你既然这样不开窍,那我来管教管教你。

我妈对我这种联想嗤之以鼻,她说,小孩子别瞎讲,你们这个年纪的年轻人最要不得,什么都是一知半解,就在那里瞎联想。警察都没怀疑他,你在这里起什么疑心。

那是因为你们卫校太小,不重要,警察就忽略了。

这种无差别排查，本来也没抱什么指望。你也说了，那天警察急着去医科大，没在你们那里多逗留。

小吕跟城大一点关系都没有，他都不认识那个女孩。

他认识别的女孩，会告诉你？

我妈愣了一下。那他哪来的杀人动机？

动机？动机那可能性太多了。

比如呢？

比如，我告诉你比如。你以前自己回来说过，你忘记了吗？你说但凡有了好的尸体标本，首先都是给医科大，挑剩下来才轮到你们卫校。你跟吕苇气得要命，说这不公平。你们羡慕，他们总是第一时间能得到无人认领的死囚犯，年轻力壮，身体各项指标都健康，器官饱满，肌肉有弹性，是最好的实验和解剖研究的对象。你不觉得你的吕老师已经变态了吗？如果有机会接触到一个合适的活体样本，我觉得他控制不住。

胡说！胡说胡说！我妈冷笑起来。你可真自以为是啊罗秦！我告诉你，小吕绝对不可能杀人。

为什么不可能？你那么了解他？我的眼睛眯了起来。

我妈慢慢地坐在了凳子上，一副懒得理你的表情。她头上已经开始有白头发了，她老是去剪掉它们，发现一根剪一根，导致新生出来的白头发总是很短。短发比较刺毛，不像长头发那么服帖，它们会站起来，按都按不下去。她坐下去的时候矮了一截，我看见她头顶一寸簇簇站起的白发，跟其余的黑发格格不入，看上去十分可笑。总有一天她剩下的头发也会投降，变节成为白色，那时候她就肯彻底放弃幻想了。我想到了最后一问，但我忍住了没问。我不是警察，盘问不是我的工作，她要应付警察已经够累的了。我想问的是，吕苇这匹独狼，人缘那么差，又没老婆又没女朋友，你们学校谁肯站出来给他做不在场证明啊？不会这么巧是你吧？

一连几天，韩小四都没再送我。下课的时候，我故意跟尹涛在一起说说笑笑，有一次上大课，他来晚了，我还用笔袋给他占了座儿，尹涛一进阶梯教室，我马上冲他招手，示意他这里留了位置，尹涛一脸捡着钱了似的笑容，一缩脖子就赶紧蹿过来，我不用看就知道韩小四的脸一定很黑。

下课了我故意磨磨蹭蹭，余光瞥见小四出去了，他走路肩膀有点斜，卡其色的风衣在门口一飘。等我走出校门，正对着后街，看见他并不在那儿，心里还是一空。

写生课快要结束了，看得出来，韩小四这次是铆足了劲，要把一切人压倒，他那幅素描逼真得令人惊叹，他从来不这样中规中矩的。高老师很满意，一节课里起码有一半的时候站在小四板子后面看他画，嘴里还小声指点着。老鲁的乾隆粉彩已经不见了，不知道成功推销给了谁。现在他来学校，手里拎的是一个胖腰细嘴的红土陶罐，罐子的腰身上画着深褐色的折线纹，竟拙朴大方，大概是摸清了高老师的审美。我越画越投入，比型准和光线表现，我可能不是韩小四的对手，但我线条不输他，也还有出奇制胜的机会。

我没想到要怎么破冰，每天走到后街，还是会忍不住周围多看几眼，为了拖延时间，我甚至开始逛起古董店来，古董店里大都有一种灰尘的气味，拂之不去，是我熟悉的。有一家卖高古玉的店特别好看，店主是个眯眯眼的胖姑娘，脖子上用红丝线挂着一只老坑寒蝉。因我有几分识货，她以为遇到了大主顾，又拿强光小手电，又拿专业放大镜，打开保险箱让我细瞧宝贝，几天之后，也就慢慢冷淡下来，随我自己瞎看，脸上还客气，泡好了茶也分我一杯。尹涛跟过来要送我回家，被我笑着拒绝了。他那么黏人，我可不想让他知道我家住哪儿。

天色渐渐暗下来，空中几道云流，又长又直，边缘有尖锐的光，像犁头翻过，抓破了天空的脸庞。我在一家画材店补了几色颜料，才慢慢朝家走去，我回家一天比一天晚，妈妈该着急了。

在楼下车棚，我看见有个男人一闪而过，我站住脚，想细看那是不是小四，马上觉得自己好笑，那人明明比小四宽出一廓。等我拐进楼道，我发现一楼还有一个男人，戴着棒球帽往外走，我上楼的时候，他像突然想到什么，也跟上来，在楼梯上，从我身后，用手臂一把勒住我的脖子。

我的喉咙还没来得及发出声音，就被锁死了，我想叫喊，但完全发不出声音。男人继续锁死我的脖子把我往下拖拽，我的右手死死抓住了栏杆，他踢了我一脚，然后狠命一拽，我被拖倒了，但我没松手。我一直瘦弱，不过从小画油画，得自己打木框，所以手上还点力气。我无声地挣扎着，感觉自己快要窒息了。这个楼道已经老旧，二楼以下的楼道灯坏了很久，也无人来修，我看见二楼夏叔叔家的门缝底下透出光来，他家里有人！那是我唯一的希望。最好正好有人走出来，或者走进去，那就解救了我。昏黑中我无法看清男子的脸，我只瞥见外面车棚里那个男人，左顾右盼地站在那里，他们是一伙的，他在放风。男人试图把我拽走，明显已经兴奋难抑，另一只手在我胸前大力地抠索着，我的两条腿在楼梯上徒劳地踢动，裙子翻了起来，因为缺氧，我完全没有力气了，我快要抓不住了。我脑子闪过一念后悔，早晓得第一次是这样，还不如那天就给韩小四呢。我们为什么要彼此斗气？

就在这时，我突然听见楼上的门被谁哐当一声撞开了，是我妈的声音，非常响亮，她在尖叫：救命啊！救命——

男人撒开手就跑，车棚里那个跑得比他还快，这突然一松手，我失去了平衡，人向后翻倒，后脑勺狠狠砸在了楼梯台阶上。

后来，我妈妈告诉我，那天她一边烧饭一边等我，疑惑我怎么这么晚还不回家，突然就听见我在院子里叫。叫的是：妈妈！救命！妈妈！快来救我！她几乎是本能的反应就冲了出来，把我叫的那句话叫了出来。我虚弱地听着，眼泪淌下来。没有，我从头到尾连一点像样的声音都没发出来，我嗓子彻底被勒住了，根本无法呼救，但我心里叫了，她就能听见。不管怎么说，她是我妈。我的爱恨她知道，她的我也知道。

我后脑勺的伤不轻，医生说我脑震荡，脖子前面也留下一道很粗的勒痕，一开始是血红色，后来变成深紫，很多天后变成淤青，再后来是暗淡的色素沉着，四周发黄，又过了很久很久，才渐渐消退。因为快放暑假了，我没有再去学校，一直在家休养。大院里传播着各种风言风语，我耳朵里也会刮到一点。那个五楼，罗家的女儿，出事了哎。招惹的不晓得哪块，外头的小流氓混混。没抓到，跑掉了。嗯，学艺术的，乱。那个衣服穿得也看不懂。平时就整天跟一堆男孩儿在一起，老有人跟到她。无非是这样，随她们说去吧。我爸话少，但说一句是一句。我爸爸说，搬家。

我在家歇了一个多月，渐渐好了起来，因为无聊，我去学校拿回了自己的画板和画具，在家里画画消遣。老鲁的那张素描还贴在画板上，我没给他画裤子，一个皱巴巴的裸体老头，而且未完成。我妈只看了一眼，就坚决地把板子翻了过去。尹涛告诉我，人体写生课的全班最高分，毫无悬念是韩小四，他好像突然开窍了一样，高老师说了两遍，堪比当年中央美院喻红画的大卫。我的事情全班都知道了，小四往我家打过几次电话，有一次是我妈接的，他吓得直接挂掉了。他一句没提成绩的事情，我感觉他小心翼翼地表达着他的关心，变得有点客气和陌生。他问我，我家里是不是一直有人，能不能来我家看我？我说最近可能不方便，以后吧。他没再坚持。

我想把画画完，我觉得我可以画得更好，但是我变得跟我妈一样，男人的裸体让我感到不适，像有一只手在我胸前和胃里抠索。我以前那种艺术生的前卫劲头去哪儿了？有好几次，我去后街散步。天气太热，学生一放假，烤鱼店和奶茶店也就不开门营业了，古董店更是没精打采地垂着竹帘子。我站在古玉轩门外，隔着玻璃朝里看了看，眯眯眼趴在柜台上打瞌睡，她扇子上盘着的一只橘猫也在睡。

我在找什么呢？我问自己。烈日当空，这阳气十足的人间，我却丢了魂似的。

远处有两辆自行车并排，欹欹迤迤，一路骑了过来，这里所有的东西都被高温凝固了，只有这对男女之间带着一道清风在流动，他们在笑，在互相说着什么，默契的狎昵，远看真是一对璧人。我站在马路中间，眯起眼睛，像看幻灯片一样，看着这对情侣越骑越近，女人穿着米色长裙，近了就看见她脖子上一根细细的金链子，在正午的阳光下闪动，中间坠着一根小小的金色骨头，像是一条肋骨。其中一辆自行车在我面前刹住了。你怎么会在这里？韩小四一脚支地，尴尬地问。

另外一辆自行车朝我看看，她脸上的笑容并没有变化，似乎是在朝我一笑。然后继续向前骑走了，她一秒也没有停下来等，没有说话，也毫不迟疑，似乎这一切都跟她无关。她带着那股清风走了，裙裾飘动，把男人抛下来，跟我一起抛进凝滞里。我的耳朵里嗡一声巨响，眼泪都快掉下来了。我认识她，她是嘉宝。她那种笑容是我妈妈那个年龄段的女人特有的，是宽容里带着了解和蔑视的：你们懂什么？你们都是小孩子，小孩子啊小孩子。

韩小四一秒被打回了原形，一个小孩子。他又问了一遍，你好了吗？你怎么会在这儿？

我来找老鲁，另一个小孩子慌乱地回答。眼睛不知道该看向哪里，不敢垂下眼皮，生怕会把那层水波推落。

啊，你找老鲁干吗？

我想让他给我当模特，我要把那幅画画完。

韩小四邪邪地笑了起来。别画了，要画我给你当模特，你看他还不如看我。

不要！我突然又恼怒起来。你看见老鲁告诉他我找他，我会给他钱。可以在教室里画。

你跟他单独在教室里画人体？不行不行，学校不会允许的。韩小四试探地看了一下我的眼睛，脸上又生出那种笑意，补充道，再说我也不同意。

关你屁事。我气呼呼地撒开腿就走。他马上推车跟了上来，好像又回到了我们以前那种模式。

老鲁不会来了，他被抓了，这会儿估计都在牢里面了。韩小四说。

啊？我停了一下，看看他。

他们去盗的那个汉代大墓太重要了，之前村里就有人举报。公安都布防了，一锅端，全逮，一个不漏。你没看路头那两家店都关门了吗？搜出来好多东西，肯定不会少判，电视新闻都报了。

我茫然地走着，身上全是汗。嘉宝，怎么会是嘉宝？她得比韩小四大起码二十岁吧？她一粒一粒解着扣子，终于衣衫全部褪去的模样浮现在我眼前。我问不出口,盘问不是我的特长。很多事情只能在沉默中求解。这条路太长了,越走越长,我想我还得消化一会儿,在回到家以前。

Farewell

据说他到最后神志还很清醒，护工给他翻身，换尿盆，擦洗，他每一次都不忘记说：谢谢，给你们添麻烦了。

疫情取消了一切探视，每个病人只有一位家属可以进住院部，只能待一小会儿，在他们家，是女婿。决定必须马上做，选定了谁，院方登记入电脑，后面就不能换人。照顾病人，女婿不如女儿，但女儿伺候屎尿、进男厕所不方便，加上他又胖，没生病的时候已经两百多斤，后来瘦掉一些，真要跌跤，也不是他闺女能扛得动的。剩下的人里面，女婿是唯一的男人，似乎是不二人选。

小女儿从外地赶来，站在住院部外面，举着手机里的健康码，央求守门人通融，让她进去看一眼老父亲，只看一眼，马上就出来，她那种怯生生的态度，坚定了守门人拒绝的决心，她的嗓门越小，他的嗓门就越大。大女儿在家里哭，在厨房里坐在一只小板凳上，不怎么敢出声，锅里咕嘟咕嘟熬着粥，妈还在里屋床上躺着呢。

他们俩是一起跌下去的，他太重，在楼梯上倒下来，把妻子压在下面，额头磕在台阶上，满脸是血，糊住了眼睛。老年人的骨头像一片饼干那么薄脆，身体里传来一点点声音，吧嗒一声，不像真的，只是觉得疼。两人神志都在，谁也没有力气爬起来。在哪里跌倒，就在哪里躺下，说的就是此刻。他甚至挪动不了，一直压在她身上。她在口袋里摸摸，出门时没带手机，无法呼救，只能等待有人走过，工作日的白天，楼道里很可能半天都没人进出。她抬头擦了一下眼睛。她的眼睛，迎风流泪，在北京的冬天，一出门眼窝里永远湿漉漉的，但此刻的液体过于黏稠，跟平日不同。

最后是快递小哥发现了他们俩，老人一动不动，血从楼梯上一级级滴下来，混着灰尘，他吓得退了出去，但马上又进来看看。他可不敢上去扶他们，他赔不起，不管是时间还是金钱。快递小哥一口气跑到门卫那里，对门口的守卫大叫，快点，打120，六号楼里有老人跌跤了。

坏消息是一个星期以后传到罗小草家，那时候姑妈已经出院了，但姑父一直留院，姑妈半躺着，让静表姐举着手机打来视频电话，额角一个硬币大的伤口已经结疤，肋骨那里夹着夹板，铠甲一样。你们望望看，我破相了哇，老太太在电话里笑着说，眼窝子里还是迎风流泪。

之后一个多月，罗小草一家同时接收着来自两条线的消息，接电话都是罗小草的爸爸。一条线来自姑妈家的女婿，每天陪护之余，带来医院里最新的情况，他不敢把坏消息带回家，但又觉得没有权限独自扛着这些坏消息。另一条线来自姑妈，她转述的都是女婿带回家的好消息。

终于有一天，医院批准探视了，大女儿、小女儿，扶着肋骨上夹着夹板的姑妈，去医院看望姑父。"他脑筋清爽得不得了，"姑妈打电话来说，"护工在旁边讲，从来没见过这么客气的病人，随便帮他做点什么事，谢谢不离嘴。"

姑妈问他，你自己感觉怎么样哪？他用唱《革命人永远是年轻》的洪亮嗓门回答：好得很！好得妙！

电话里大家一起笑起来，他可真是一个中气十足的胖子啊。每次站在公园里唱歌，他像一台体形巨大的人肉功放，胸腔是共鸣器，下巴上的肉剧烈抖动着，他有一把未经训练的好嗓子，多么困难的男高音，最后也靠着声带的颤动爬了上去。他该去唱歌剧，花腔的那种，但是他唱的都是革命歌曲。景山公园里，只要有一个人起头，会引得一群年龄相仿的人和声进来，仿佛那是他们共同掌握的一个小语种。"好得很"也是年轻时的一句暗语，江南"文革"阵营分成两拨，针对当时的某个路线，一派叫"好得很"，另一派叫"好个屁"，后简称为"好派"、"屁派"。老了以后再说起来，拥护什么和反对什么已经忘了，听到"好派"和"屁派"这几个字眼他们就发笑。姑父和姑妈，大约都是"屁派"，但他此刻说：好得很！罗小草暗暗心惊，死亡在她这里，永远是第一时间想到《红楼梦》里的句子。

"贾母听了便不言语。"

凤姐两次探病秦可卿，第一次带回的是坏消息，第二次带回的是好消息，但好消息反而让"贾母听了便不言语"。没几天，传事云板上便敲了四下。

医院不是平白无故地放家属进来探视的，那张通行证，是终点前的路标，两天后，两条线上来的消息统一了，"好得很"成了姑父的最后表态。

消息传到罗小草家是在下午，这几年她已经渐渐适应了这种场景：钥匙一转，门开了，她妈妈马上一脸忧戚地走过来说，某某某死了。父母老了，他们的同学、同事、多年的老相知，开始以某种节奏接连凋零。这些噩耗罗小草一般平静以对，可今天不同，死掉的人是她姑父，她小时候随奶奶在姑父姑妈家生活了好几年，长大以后也走动甚多，跟姑父一家都很亲。但她没哭，开始跟爸妈商量杂务，哪天启程，怎么买票，怎么去北京，到了北京，又要怎么安顿住下，姑妈现在情况如何，葬礼怎么安排……仪式是好的，仪式提供保护，使人免于慌乱，一件一件具体的事情转移掉痛觉。直到晚上回家，果果非常严肃地问她：谁死了？你的大姑父我是不是叫大姑爷爷？我见过他，我记得的，他胖。她眼泪才掉下来。孩子有他们的感知能力，有时候，她在家里，像往常一样一声不响，果果会走过来问她：妈妈，你今天很难过吗？她在父母面前不哭，因为怕他们哭，在小峰面前不哭，因为怕他不知道该拿她的哭怎么办，现在她在一个九岁小孩面前哭得一塌糊涂，在一个全家最弱小的人那里，她突然变得更弱。

越来越多的杂务涌来，父亲在外地的兄弟姐妹们也要同去北京，要挨个打电话，商量行程、汇合方式，订酒店,罗小草负责所有人的后勤,姑父那里是女婿在张罗后事,凡有悬而不决的,或者不便出面的,就打电话给罗小草的父亲,父亲再打电话去找人,几天里电话响个不停,终于一切都安排得差不多了,火化安排在两天后,八宝山革命公墓的殡仪馆。

"我们这次去北京,肯定还会再见到包虎吧,他肯定要来!说不定还要喝酒。"父亲笑眯眯地说。

罗小草脸色微微一变,"顶不想看到的人就是他",她说,语气有点生硬。

自从听到姑父死讯,她心里就不停打鼓,她早想过,丧事上一定会见到这个人,他是姑父的妹夫,他肯定会出席。她感到恶心,只要想到这个人就令她恶心,几乎是一种生理反应,但姑父的葬礼她不能不去。

父亲一脸很愕然的样子,他望着罗小草,下巴有点挂下来,"啊?为什么呀?"他说。

"你难道不知道吗?"罗小草惊讶得声音都打结了,她正在吃饭,她想要站起来。

"知道什么?"母亲也一脸很茫然的样子,他们全都放下碗来看着她。

"我跟你们说过的!你们全都忘记了吗?"

"说过什么?到底啥事体?"

"那个人，我小时候，他猥亵我。"她气得声音在抖，几乎无法讲出完整的句子，"你们全都忘记了吗？"她在家跟父母一直说家乡话，但家乡话里没有"猥亵"这个词，她只好发出一个类似的音节，别扭得胃开始抽搐，那么多年了，说起这件事她还是在抽搐。

她怕她父母理解不了那个发音古怪的"猥亵"，压着嗓子又加了一句："这人就是一个流氓！"她真的站起来了，差点带翻面前的饭碗。

"哪有这种事？你知道这个事情吗？"她父亲转脸去问她妈，"我根本不晓得有这样的事，你晓得吗？"

罗小草瞪眼看着父母在她面前面面相觑，你看看我，我看看你。

"从来没听说过这种事体。"她妈妈摇头，断然否认。

"我跟你们说过的。你们全忘了。忘记了？我生日那天说的。我三十岁生日。你们不记得了？你们居然不记得了？"小草语速快起来，如果她不一口气说完，她就会被抖动的胃拖下去，然后她就会哭出声来。她不能哭，现在不能。"我三十岁生日，他到南京来出差，到我们家里来，你们还喊他来吃饭，我当时就跟你们说的，我不想见到这个人，我说以后都不许让他到我们家里来。那天我们是在红公馆订的包间吃了饭，你忘记了？你当时不是还把他带到另外一个饭店去喝酒了？你们怎么什么都不记得了？"她捏着拳头冷笑起来，因为手在抖，激动得无法再坐下去。她一直没有再坐下去，那碗饭也没有吃完，她离开父母的房子，一路发着抖回家了。

三十岁生日那天，罗小草订了一个很大的鲜奶蛋糕，上面裱了一层厚奶油，俗艳的桃红色写着"三十而立"，写得歪歪扭扭。蛋糕师傅都能裱出完美的玫瑰，却没人写得好蛋糕上的字。全家商量好了中午出去吃饭，选了很实惠的餐厅，离家也近，已经提前打电话订好包间，小峰下班了也过来，那时候他们已经结婚好几年了，还没孩子。突然，她爸爸宣布说，包虎等下要来，我喊了他一起来吃饭。

罗小草犹豫了，要不要说出来呢？之前他好几次来她家做客，她每次都没有发作，还客客气气地喊人：包叔叔好。假装什么都没有发生过，假装她什么都忘记了。小草不是不能继续装下去，但生日给了她一点勇气。今天是一个特殊的日子，她是主角，她应该有点特权，她三十了，是个大人了，这是成人礼。于是她慢吞吞地开口说，"不要，我不要他来，我不想见到这个人"。

父亲有点惊讶，小草一向算懂事的，尤其人前，很讲礼貌，怎么会突然不愿见亲戚。他已经邀约了，怎好驳人面子？他问："怎么啦？你什么意思？"

罗小草是酝酿了一下的，她想尽可能不带感情地把事情说出来，决定开口之前，她已经想好了要怎么说。但是，一开口全乱了，她语无伦次，速度很快地说出了那个暑假的事情。那一年她八岁，父母带她去扬州的叔叔家，在那里遇见包虎，她想留在叔叔家多玩几天，正好包虎几天后也要去她家，父母就先走了，托付包虎在回程的时候，顺便把她带回来。她在叔叔家陪小弟弟玩了几天，回程的长途汽车，两个多小时车程，包虎把她抱在自己的膝盖上，一只手抱在她胸前捏着，另一只手托着她屁股，然后伸进她的裙子，摸了她一路。

她没想到这么难。说出来，比经历这件事更难。尤其是当着亲人的面说跟性有关的字眼，她慌不择路，避掉了细节，嗓子也变了声音，好像不是她，是另一个人在控诉。一个吓得要死的八岁女童，穿越了时间，前来呈堂证供。父亲的态度非常模糊，基本上是尴尬，她的丈夫，为了化解这种尴尬，表现得仿佛他不在场。罗小草一瞬间思维混乱，不知道他们听懂了没有，是不是她说得太乱了，她像拼死反抗的人全力扔出一个炸弹，却没任何响动。"你让他走，以后不许他到我们家里来。"一个逼尖了的喉咙说。父亲奇怪地看了她一眼，然后站起来向外走，没时间安抚她了，他得赶在那个人走进她家拜访之前去大院门口截住他。"估计快要到了，我带他去别的地方吃，你们开始，别等我。"他说，他匆匆忙忙走出去了，推着自行车，没过一会儿，又折回来，去柜子里拿了瓶酒。

大家对此都没有再谈，罗小草如释重负，父亲做出了选择，把那个人引开了，没有出现在她的生日宴上，这就很可以了。她没指望父亲撕破脸跟他决裂，臭骂他，为她报仇，那太戏剧化了，也很难堪。回家路上，小草对小峰说，到三十了，才终于有勇气说出来。小峰手里拎了半只吃剩的蛋糕，另一只手伸过来揽住她，但眼睛望向别处，在她背上抚了两记，意思是莫激动。

她想了一下，又说，我当时真怕我爸不肯，他抹不开面子。

小峰说，那我就站起来把那个姓包的撵走哎。

你会吗？你真的会？

我怕啥？他是你爸亲戚，又不是我亲戚。

罗小草切了一声。什么亲戚？他不过是我爸爸的姐姐的老公的妹妹的老公，一点血缘关系都没有。

你姑父的妹夫。

很近吗？

小峰耸了耸肩膀，说，我不管，反正我随时可以扇他一巴掌把他赶出去。

那是罗小草过得很好的一个生日，后来有了孩子，她自己的生日变得模糊。有一次生日，她拎了只蛋糕去父母家吃饭，发现他们出去玩了，根本不在家，也没打算回家吃饭。她妈妈每年都会在家庭群里发消息给罗小草的哥哥：小良，今天是你的生日，我和你爸爸刚刚下了寿面，祝你在异国他乡生日快乐！但她从不记得女儿的生日，时间长了，小草也习惯了。毕竟她哥的生日好记，正月初五，全国人民都记得，这是接财神的日子。

火车正在进站，去北京比去其他地方复杂，更多一道安检手续,而且必须扫北京的健康宝,小草的母亲始终搞不定健康宝,小草和父亲进了闸,母亲却被保安拦下了。"我不会呀,火车马上开了呀,"她央道,"先放我上车再扫码不行吗?"

保安看了一眼她的车厢座位号,挥挥手让她过了,到了车厢里,刚安置好箱子,一个手拿对讲机,浑身胀鼓鼓的女列车员已经走了过来,目光扫视着她们这一排:"你们是哪位刚才没有扫北京健康宝?"

高铁果然开了,网络很不稳定,小草刷了好几遍才帮母亲搞好了健康宝,列车员点点头,继续向下一个车厢走去。父亲如释重负地掏出茶杯,里面已经装好了茶叶。"我去,我去灌。"小草接过水杯,站起来摇摇晃晃地一路走去打水。

她把泡好的茶杯递回给父亲,掏出旅行枕围在脖子上,舒舒服服地坐了下来,问父亲车厢里空调冷不冷,要不要加衣服,父亲没有回答,却转向她,开始问话:"你昨天说的那个事情,我跟你妈妈晚上回忆了半天,我们一点印象都没有。不可能有这么一件事情,不然我们怎么会不记得?"

这个反问句无法回答,在逻辑上也是死循环。小草宁可他们不要提起此事,她宁可睡觉,一路昏睡,等眼睛睁开时已经是北京。但父亲和母亲此刻齐齐把脸对向她，像蒙受了不白之冤，要她说个明白。父亲接着问道："我们都不记得，我们哪一年去扬州把你丢在扬州了？怎么会呢？"

"你去出差的呀，你们单位派车，我跟妈妈跟你去玩，你不记得了？回程经过扬州，去叔叔家里的呀。怎么不记得呢？我还记得婶婶请我们吃橙子，之前我从来没吃过橙子，婶婶说，这不是橘子，吃法跟橘子不一样，不是剥皮的，是切开来吃的。记得伐？"

父母面面相觑，依然是一片空白。这对于成年人来说，根本不成其为一个记忆点，却是孩童对那个盛夏的纪年：一种从来没有吃过的水果，非常稀罕。婶婶带着一点骄傲之情，向他们展示吃法，每一牙橙瓣要从牙尖处掀开，用拇指下推橙皮，完整的果肉就全部剥离了。婶婶的手非常白，是医生那种清洁过度的白，手指轻轻扣住橙皮，灵巧地反向一掀。呀！大家惊叹了，没见过还有这样的，还以为是橘子呢！味道真有点不一样！甜蜜汁水在牙齿间溅了出来，那就是她的童年，物资匮乏的童年。县里的肉联厂，只有逢年过节才供应冰冻带鱼，爷爷一大早就带着篮子去排队。难得搞到一点好吃的，妈妈都要藏起来，对他们说：我先替你们收收好，过年再吃。然后就锁进柜子了，过年也有可能拿出来待客。有一次他们家得到几块高级进口糖果，叫羊羹，糖纸是透明的，烫着金，非常矜贵的样子，能看见里面，红褐色，捏上去有点弹性。她好奇极了，不明白为什么糖会叫这个名字，听起来像是一种肉汤，可能是咸的，像鱼冻或者肉冻，一定很营养。她花了好几个月惦记被锁在柜子里的这几块羊羹，生怕它坚持不到过年就融化掉了，她在嘴巴里模拟那种口感，等真正吃到的时候近乎失望，羊羹，居然是甜的，跟其他平庸的糖一样是甜的——她就记得住这样的事情，永远记得。大人不会明白一个小孩的记忆力有多么可怕，小草想，那个男人在一路摸着她的时候一定也是这样心怀侥幸：她才这么点点大，她什么都不懂，她肯定不会记得的。

关于那个夏天，还有另外一种水果，从没吃过，名叫柠檬。婶婶得意地分享一些杂志，让母亲带回去看，母亲却连连摇手拒绝，因为上面有光身子女人。家里还有小孩呢，我们不看这样的东西。漂亮婶婶像展示橙子一样哗哗翻着书页，炫示这些市面上不易搞到的读物。咦？这有什么？都改革开放了你们知识分子还这么保守？我们家思想可是很洋派的。婶婶不以为然地说。后面那几天，父母把小草留在了叔叔婶婶家里，白天大人上班去，小草和叔叔家的小弟弟被关在家里，小弟弟还小，常常玩着玩着就睡过去了，小草躺在席子上假装午睡，把篾席在腿上压出花纹来玩，睡不着的时候就翻那几本杂志，她已经认识不少字了，很快看明白其中一本是介绍非洲部落土著的，那里的女孩子十岁出头嫁人，人们不记女孩年龄，判断一个女孩是否可以婚嫁，关键看乳房，女孩像果树一样，乳房长到一只柠檬那么大，便适合采摘，可行男女之事。柠檬，又是一种听说过没见过的水果，一只柠檬到底是多大呢？罗小草忙去翻照片找答案，杂志上印了许多黑白照片，黑色皮肤的赤身女子，眼睛又大又亮，唇齿有一点龅凸，她们中有些美貌惊人，另一些则显得古怪，无一例外胸前都挂着项链，衣服可以不穿，项链不可不戴，挺着两只翘翘的奶，丝毫不觉得有什么难为情，像树木天然垂挂着果实。柠檬就这么大吗？大大小小这么多奶，哪一只才是柠檬的尺寸？

在回程的长途汽车上，包虎叔叔让她坐在自己的腿上，她不肯，她有儿童票的，理应有自己的座位，但他坚持把她抱在自己膝上。他笑容可掬,圆溜溜的酒糟红鼻头上有许多小坑,此刻离她很近。他们的座位在司机的右后方,第一排,前面就是车门,后排没人会注意到他们,别人一定以为他们是一对亲昵的父女。

小草觉得热,大夏天的,干吗非要挤在一起坐呢?叔叔的左手已经环到了她的胸前,开始有节律地挤捏她的胸口。一开始她莫名其妙,这是在做什么?后来她想到了那本杂志。她还没有柠檬,完全没有。她才八岁,没发育,精瘦,胸脯像小男孩一样只是薄薄一片,但他怎么还能从胸口挤出肉来,而且慢吞吞地摩挲着那些肉。她知道他在做不好的事情,但并不知道到底是什么事情。她想要尖叫、反抗,想要双脚乱踢,但是她不敢,那些没有喊出声的尖叫在她身体里憋着,变成一粒粒鸡皮疙瘩在皮肤上冒出来。满车都是陌生人,他翻脸怎么办?中途把她扔下来怎么办?他们甚至才刚刚上车,完全是陌生的城市,她不认识回家的路,身上也并没有一分钱。她没把握还能找回叔叔的家,更没把握能摸回另外一个城市自己的家。她不能激怒他,此刻就只能装傻。包叔叔像是累了,轻轻把她托举了一下,她以为是要放她下来,结果他只是把另一只手塞进来，垫在她的屁股和他的膝盖之间，掌心朝上。

她紧张极了，全身僵住了，连汗都一秒收住，只觉得阴冷，不敢扭头，眼睛拘谨地直视前方，前方是快速移动的马路，灰白，干燥，在烈日下发出炫目的光。她能感觉到那只手蠢蠢欲动，先是托住她的屁股摸索，手指隔着衣料，勒出一道缝来，来回蹭了许久，再一点一点伸进她的裙子。

"你不要说普通话啦！"母亲用家乡话很生气地打断父亲的发问，他一开始说普通话，很快就会变得像上台发言，声音渐渐洪亮起来。"车上人都听见了。"

于是他们又换回家乡话："想来想去，还是不大可能，这到底是哪一年的事情？是不是我刚刚调任的那年夏天？""他到底怎么你了？"

昨晚见过小峰以后，小草情绪已经渐渐平复，此刻在列车上，四周全是陌生人，她脑子里惦记着姑父的葬礼，试图尽量冷静地、用家乡话、小声回答他们的问题。发生过的事情就是发生过了，他们怎么能不承认？小时候的事情他们忘记罢了，三十岁生日她那么失态地喊了一通他们怎么还能忘记？这种事情有什么难以置信的？她罗小草扯这种谎干什么？

"他抠我。拿手指头抠我。"小草说，她不想再用家乡话说"猥亵"这两个字了，之前说了一次已经很尴尬了，故乡淳朴的语言里根本没来得及发展出这两个字。

母亲大惊失色。"抠的哪里？"

"还能抠哪里？下面喏。"

"要死快了！"母亲几乎咚地跳了起来，声音一下子提上去，也不在乎别人听见了，满头白发的脸十分紧张地朝向她，老了以后母亲的眼皮开始松弛，变成了三角眼，但此刻眼睛瞪得很大，又恢复了年轻时的形状。"要死了！你被他抠破了没有？"

小草错愕地朝她妈看了几秒，差点没笑出声来。这就是她的妈妈。她可以毫无顾忌地把女儿丢给一个不靠谱的远亲，现在女儿已经四十出头，结婚又离异，生育过两个孩子，母亲才突然担心她已经不是处女了。

罗小草是自己当了母亲之后，才体会到为什么自己小时候每到寒暑假都会被打发到大姑妈家去。大姑妈家生了两个女儿，宜表姐和静表姐，小草跟静表姐颇为相得，所以也乐意前往。"我们这里把你送上火车，那里让他们到车站接你一下，但火车上就得你自己一个人了，你敢不敢呢？"父亲问她。她的好胜心被激发起来，"当然敢"。

从小父母就跟她说，狐狸长大了，老狐狸会用撕咬的方式，把小狐狸赶出去，逼孩子独立。她听惯了这样的故事，巴不得有机会证明自己可以。出行前，她如临大敌地在内裤上缝了一个布口袋，粗针大麻线缝得歪歪扭扭，把钱折折好，藏在里面，然后剩出另一份钱塞在袜子里，包着钱的是一张纸条，上面抄着姑妈家的地址。"其实地址我已经背下来了，有了这个钱，就算我包全部被偷，我也能想办法走到北京。"她得意地掀起裙子，把暗袋展示给爸妈看，他们笑死了。她去了，又回来了，完好无损，自觉见过了世面。那时去北京的火车要开十几个钟头，火车上有个年轻人，见她一个青春期小女孩孤身旅行，一直跑来找她聊天，逗她讲话。他说自己是医学院的大学生，三年级了，"你长得挺好，就是这皮肤不太行，我开一副草药方，拿来煎水泡澡，三个月，包你腿变又白又嫩"，他盯着她的裙子说，她装出若无其事的样子，把腿往后缩了缩。旅途中多多少少会遇到这样的事情，她自然不会告诉父母。

后来罗小草生了果果，每到暑假，她就开始犯愁，果果天天在家，要吃要喝要陪玩，她完全没法工作，她体会到当时父母的用心。大姑妈家里有住家保姆，白天保姆可以做饭和照看她们，静表姐性情和顺，正好可以跟小草作伴。要是果果有这么一个靠谱的亲戚，她肯定也会毫不犹豫地把他打发走。

有许多个暑假，她都是在大姑妈家度过的，她很爱静表姐，知道静表姐有时也会跟包虎家的两个女儿玩，她就感到醋意。这不能怪静表姐，小草是她的姨表姐妹，包虎女儿是姑表姐妹，亲疏相似。出于一种小孩子的妒忌，她恨不能跑去对那两个女孩说：知道吗？你们的爸爸，是坏人！他是一个流氓！但她一直没机会见到那两个女孩，她又想跟静表姐说。但最后还是忍住了，她没脸。

初中二年级，包虎又一次来出差，到小草家来做客。"你来得正好"，小草父亲欣喜地说，小草有一道几何题怎么都做不出来，父亲看了半天也不会做，正在挠头，包虎一进门，小草父亲就把他拉到小草的写字台边上，"你是编写数学教材的专家，你来辅导辅导她"。

小草叫了一声包叔叔好，头都没抬，她紧盯着眼前的练习册，不去看那张脸。包虎嘻嘻笑着，离她很近地俯身下来，一手扶住她身后的椅背，另一只手扣在桌上，按住她的本子，开始读题。她看见那只手，每根手指头的关节下方都稀稀疏疏地长着一些黑毛，突然一阵恶心，恨不能推开书本。那个夏天恐惧的感觉全部回来了，现在她才知道她小时候到底有多害怕。

你肯定还记得吧？你以为我就不记得了吗？小草想。

她能明显地感受到包虎的尴尬，他在她草稿本上画了几条线，支支吾吾了一会儿，对小草的父亲说，"这个题，出得是太难了啊"。

"连你都不会做！"父亲几乎是喜形于色了，像是捞了他一把，教材专家都不会做！"我就说她们这个题目出得太离谱了！你不知道，现在的学校教育，成问题。"他们很快放弃了辅导功课，拎着两瓶酒出去了。

"小草，我下午还有会，先走了，我等下再想想你这个题啊。"临走的时候包虎跟她打招呼。小草小声咕哝了一句，"包叔叔再见"。她有点幸灾乐祸，做不出才好呢，就这种水平，还来编我们的教材。

他们走了，她松了口气。后来她又见过包虎一次，随着年龄渐大，见面的尴尬也增加了。那天静表姐恰好也在，小草已经进了大学，开始留披肩发，也学会了化妆打扮，身上该有的曲线一股脑儿全有了。包虎只是朝陷在沙发里的小草看了一眼，她马上觉得自己穿得太少。虽然她很正常地穿着一条短袖连衣裙，可为什么她的胳膊要露在外头？还有小腿，这都是肉体。包虎还那样，笑嘻嘻的，一听说等下要喝酒就连声称好，眼睛更小了，通红的鼻头，一口纯正的京片子。静表姐对这个姑父也淡淡的，但她们走不掉，必须按礼数陪着长辈说话。小草跟静表姐两人挤在客厅一张小沙发上，都穿着裙子，那就是一共四条胳膊四条腿，白花花的肉，静表姐尤其白得晃眼，小草恨不能替她盖起来。

"你来了？"果果爸爸看了看手表，小草朝他望望，他好像发际线往后退了一点，离婚还是一件好事啊，如果没有离婚，他此刻就会不耐烦地说，搞什么？怎么才来？离婚让人重新变得客气和文明。每次交接孩子，都是在小峰新家附近的这家咖啡馆，果果爱吃这家的三明治，她给果果点好简餐和牛奶，两个人很有默契地看着孩子吃。

"去几天？"果爸问。

"明天早上的高铁，火化是后天，我爸可能想多留几天，不过也不一定，快的话，大后天晚上，我来接果果回家。"

果果嘴里塞满了食物，就去拿他爸爸的手机。"定个闹钟，你别又像上次那样睡过头了，害我迟到。"他试了几次，都点不开屏保。"爸爸，你换密码了么？"

"果果，不可以拿别人手机。"小草说，她跟果果没规矩惯了，现在借着别人的眼光看孩子，看出他那种毫无界限感里面有一点故意撒痴的成分，他要证明他爸爸还是他爸爸。

"要说老韩还是算得准！你哥才十五岁，他就算你哥是文曲星下凡，三十三岁，事业达到巅峰，壬骑龙背……我还留着老韩当时写的命格，从来没有给任何人看过的，你要不要看看？"

"你都给我看过好多遍啦，还看？要么你把老韩给我算的命格拿我看看。"小草不耐烦地说。

"没有没有，没有给你算。"小草母亲矢口否认。

"怎么没算？我记得你们一起算了的，回来就不肯跟我说。"当时小草才上初一，暗暗担心了很久，生怕自己命运不祥，母亲一副讳莫如深的样子，任她怎么问都不松口，只说，你要努力。后来母亲跟姑妈们嘀嘀咕咕，她就忍不住竖起耳朵，听见姑妈在问："怎么个不好法呢？"

母亲用很小的气声说，"婚姻"。

于是她们一起扭头看看她，似乎要在她身上发现有什么能导致婚姻不幸的妖孽气质，小草假装看书，心里被重重捶了一下。现在她坐在这里，喝着很苦的美式咖啡，她从来没喜欢过咖啡，但不知道为什么，还是会每天饮上一到两杯苦汁，而且不加糖不加奶，现代人的标配，可能这就是生活。看着对面这个男人，已经是前夫了，似乎坐实了婚姻失败的预言。只是她不像小时候那么害怕了，分手的时候，几乎还带着一丝幽默感，那是失败者的轻松，他们剑拔弩张的时期已经过去了。小时候她老觉得母亲偏爱哥哥，自己像是不存在的女儿，后来她不再怨怼了，她没资格。她和小峰像切分财产一样切分两个孩子，你一个，我一个，小峰抱着臂膀说。她毫不犹豫地选了果果，放弃了芽芽。

那时候芽芽才两岁，什么都不懂。等她长大了，她也会暗中怨恨这种背叛吧。但对小草来说，这是简单的选择题。一般来说，单亲家庭，爸爸带儿子，妈妈带女儿，会方便一些，可小峰马上就要进入第二段婚姻，新太太年轻貌美，心比天高，果果已经长出了很强自我意识，七八岁男童，横冲直撞，让他去面对一个继母，是在给所有人出难题。都说养儿子是建设银行，养女儿是招商银行，新太太也会考虑这些现实问题吧？芽芽还小，尚在一片混沌之中，又是女孩，性格和顺，也许会简单些，她很快会忘记她们曾经亲密无间的那些瞬间，忘记她曾经软趴趴地在她怀里吃过奶，忘记她在夜里不休不眠地摇着她为她哼歌，这样最好。

一般来说她不太去麻烦小峰，只有过三四次，不得已的，让果果在他那里托管了几天，偶尔他们会安排一下两兄妹团聚，但年龄差加上距离，很多时候两个小孩只是在同一个空间里各自玩着不同的电子游戏而已。芽芽小时候长得跟小草很像，后来不知怎么就不像了，对她倒还亲热，喊她妈妈，但是果果上次回来偷偷告诉她，"她管那个阿姨也叫妈妈"。她听了之后竟有些欣慰，她的女儿，懂得为自己讨生活了，这么乖巧，将来可以少吃些苦头。

小草小时候是奶奶带大的，有好几年都寄居在姑父家里，六岁接回母亲身边，母亲喜欢逗她，你是垃圾箱里捡来的孩子。她也就信了。白天父母上班，哥哥上学，爷爷出门买菜，她醒来发现自己被反锁在家里，马上觉得，她又被抛弃了，他们不要她。她去锅里看看，锅里还留着半锅粥，她饿，但她忍住不吃。因为他们永远不会再回来了，她要靠这锅粥撑很久。她希望芽芽不要有这样的童年，没有安全感的童年。

她掏出一包果果的换洗衣物，递给小峰，"星期一他们学校要穿白衬衫加校服外套，别忘了戴红领巾，如果有搞不定的作业你跟老师说一下，等我回来，还有，不要给他看电子屏，他最近视力又下降了，别给他喝饮料，尤其可乐"。

"好了好了，我知道的。"小峰说。她晓得说了也是白说，他一定会给他玩电子游戏，给他吃垃圾食品，看动画片，放任他把作业写得一团糟，最后还得她回来收拾残局。像作弊一样，父爱也可以速成，而且孩子们非常吃这一套。当年她严肃地问果果，不能两边都选，你只能选一边，你到底想跟我，还是跟你爸爸？果果哭得一脸泪，小心翼翼地看着她，说：爸爸。

芽芽还不会说话，所有没有选择权，果果选了也是白选，只是她心里一寒。

她以为自己不会说的，但她还是说了，"这次去大姑父的葬礼，估计又要碰到那个人"。

小峰瞄了一眼果果，后者正在专心地用叉子对付着几根卷不尽的意面，然后小声地说："你至于的吗？这么多年了，又不是好大的事。"

小草点点头，笑了。是的，确实不是好大的事。男人会这么说，她不意外。她没吃什么实质性的亏，没有被强奸，没有被破处。她只是感到害怕，这种童年恐惧贯穿了漫长的时间，一直没有得到正视，也没有得到处理，在一次一次的被忽视中，恐惧转化成了愤怒，不过是这样。那个男人不过是众多普通男人中的一个，并不比别的男人更坏，他对她下手，也无非是面对着一个唾手可得的性资源时没有约束自己。也许她内心深处真正不能接受的是，她父母当年怎么能把她丢给一个这样的人，并且一次又一次地忘记此事。眼前坐在咖啡馆里用吸管吸着冰美式的这个男人也不会再帮她出头，他和她此生不再是亲人，他觉得她小题大做。她想，也好，那就一起来吧，总要有个仪式的，在葬礼上也许更好，这次我可以自己打他一巴掌，然后把他撵出去——他们忘记了我的八岁，忘记了我的三十岁，但他们会记得这一次。

全家人到了北京，在落脚的酒店里聚齐。有几位早到了一点，但也候着小草一家，等人齐全了一起去大姑妈家吊唁，谁先去了，就得独自承受死亡的重量，还是人多，大家分摊好一些。宜表姐和姐夫在外面奔走着最后的手续，静表姐在家里陪老人，所有人鱼贯而入，坐掉了家里所有的板凳。

大姑妈从里屋摸索着出来了，衣服扣得很板正，表情端庄，没有哭，静表姐扶她在沙发上坐下。小草赶忙过去拉住大姑妈的手，大姑妈左手还能动，右手受伤了，抬不起来，她用左手抓住小草的手，使劲捏着。

家里不设灵堂，似乎也不鼓励来吊唁者发表任何关于死者的寒暄，他们兄弟姐妹团坐着，问一些仪式上的安排，几点出发，开到八宝山路上会不会堵，需要预留多长时间，车子怎么叫，多少人，几辆车。这些年，亲戚天南海北分散着，走动也减少下来，能把他们聚在一起团团坐着的似乎都是跟死亡有关的事情，要么是走掉了某个人，要么是每年清明去上坟。静表姐瘦了一圈，面色灰黄，薄得像片纸，坐在旁边，话很少，声音也小。

小草有种很深的犯罪感，明天她如果大闹葬礼，对她的姑父来说，未免太不公平，那是他的仪式，他应该拥有一个体面的告别。大姑父一向对小孩子没什么兴趣，但对小草一直很好，总是笑嘻嘻地逗她讲话，老了以后，尤以学她童年时口齿不清的几句趣语为乐。但她转念一想，大姑父是个疾恶如仇的人，可能他并不很在意这些礼仪俗套。

记忆里大姑父总是很忙，偶然在家，不是在读书，就是在写字。他笔记本里的字像蝌蚪文一样难懂。"这些本子丢了都没事，我的字没有人认识。"他常常得意地说。据说他很多工作笔记，事关机要，是涉密的，但他的字体已经自设一层编码了。"我看连他自己都不认识。"小时候，小草跟静表姐这样咬耳朵，静表姐就捂着嘴笑起来。两个小孩窥伺一旁，见大姑父起身去上厕所，马上爬到他的凳子上，拿起他的墨水笔，模仿他的笔迹，顺着他停笔的地方续写一串蝌蚪文。等他上厕所回来，看看本子，竟完全不察，又洋洋洒洒地继续写下去。这个游戏令她们乐此不疲，直到有一次，她们太得意了，写了太长的一整段，一下被发现了，"我说怎么老是不对劲！"大姑父生气地叫道，"你们！乱弹琴！"

再大一点，小草就会去翻姑父的书架，他的书她一向不怎么要看，理论读物太多，但偶尔也有新晋的小说。《废都》就是某个暑假她在姑父家里读完的，里头空格太多，读得一头雾水。"太坏！等我有空了要写文章批批这个书！"姑父怒气冲冲地说。另一个暑假，也是在姑父家，她读完了《白鹿原》，一翻开来就是白嘉轩一生娶了七房女人然后洋洋洒洒十几页情色描写，把小草吓了一跳。姑父家这些书不避小孩子，她们公然拿过来看。不像小草家里，小草父母的书架上有几本书，书脊冲着里面，书页对着外面，欲盖弥彰，一看就藏着古怪，这瞒不了她，趁大人不在，她抽出来一看，果然，《金瓶梅》，还是洁本，根本犯不上这样藏着掖着。除了文学作品里零星看到的这些，小草这一代的女孩子没受过性教育，她们自幼只是在伤害中学习：公交车上，那些趁着拥挤乱摸乱捏的大手；地铁里紧贴在背后，硬顶着蹭人屁股的男子；站在楼梯下方，找好角度，往上偷瞄女生裙底的男同学；放学路上突然挡住你去路，然后开始解裤裆拉链的痴汉……他往外掏家伙的时候,小草还以为他只是要随地小便。小草的另一个女同学在学校后面的山坡上也遇见过,那时电视里正在热播《聊斋》,女同学跟小草咬耳朵说,原来男的也有狐狸精,男狐狸精的尾巴是长在前面的。

送别是漫长的等待。等着发车,等着人齐全,等着姑父生前单位的领导前来慰问,等着殡仪馆把前面那个人的牌子摘掉,换上另一个名字,等着花圈就位,等着火化炉空出来,等着被叫进去……因为疫情,亲属不可以在殡仪馆里聚集,只能站在外面排队,分批进入,每次五人,环绕一圈,跟遗体告别,即来即走,不得停留,死者的至亲站在遗体一侧,分批跟来者握手。对于小草来说,则是等待着那个叫包虎的人突然出现,等待她迎上前去打招呼的那一刻,她会面无表情地走过去,当着所有亲戚的面,扇他一记耳光,然后一言不发地走开。

如果他自问有愧,默默领受了这一掌,那么过去一切一笔勾销。如果他要争执,理论原委,那她就一字一句当众说出来,并请他离开姑父的葬礼。这一次她要克制住愤怒,她要像一个真正的成年人那样镇定,不发抖,声音不打飘,也不用家乡话说任何别扭的词汇。她的父母将永远不会忘记葬礼上这令人难堪的一刻。

小草默默打着腹稿,一切情绪都已经就位,她甚至化了妆,涂了口红,虽然她一夜没有睡好,穿着吊唁的黑衣,但她不想让自己看起来过于憔悴和衰老,一个丑女人控诉自己被猥亵是得不到太多同情的。唯一的难点在于,她不见得还能认出这个人来。她最后一次见到他就是大学那次,此后二十五年过去了,他年纪比小草父亲略小,现在应该也快八十了吧?小草紧张地看着那些陆陆续续到场的老头,有的身边还跟着老太太,他们身穿黑衣,看上去都很相似,苍老,面目模糊,应该都是她姑父那一边的亲戚,她没有把握认出其中任何一个。

她看见父母在跟人寒暄,过了一会儿,母亲过来喊她,让她搀扶姑妈去洗手间。她出来的时候,母亲突然很神秘地跟她咬耳朵,她说,包虎的老婆,老年痴呆了,她今天可能来不了了。母亲停了停,又说,听说他们分居很久了,一直关系很差,他老婆不喜欢他。

小草心想，那倒也好。

他们每人被分到一朵小白花，别在胸前，等下环绕一圈之后，还要摘下来还掉。这些花是要回收的，留待下一批人再用。小草在队伍里前后张望，她没有看到任何一个长得像包虎的人。

为减少在室内的逗留时间，殡仪馆里也不允许发言了，有些想要说话的，就得站在外面对大家说。他们站在外面等待，正好隔壁一家的孝子在悼念他的父亲。殡仪馆不提供扩音器，这么多家吊唁同时进行，谁家生前事迹音量说大了都不合适。好在隔壁孝子有一条洪亮的嗓子，他站在台阶上，向大家解释，为什么等下遗体告别的时候，看不见他父亲的脸。

"大家都知道，我父亲生前特别注意形象，最后这几年，因为病魔折磨，他的相貌改变非常大，几乎是判若两人，父亲不愿意大家看到他憔悴的样子，他希望能够保留在大家心目中的，是他最好的模样，希望大家永远记得的，是他在荧屏上塑造过的那些角色。"

来宾里好几个人掏出纸巾开始拭泪，细看那支队伍，确实与众不同，好些来宾衣着夸张，大胡子和鸭舌帽的含量也很高。有个高挑的女人戴了一顶黑草帽，草帽上还笼着一层带蕾丝点的黑色面纱，放下来影影绰绰遮住面孔，但遮不住里面涂得通红的两片嘴唇，十分法范儿。小草这边的队伍里，交头接耳地讨论了起来。

"隔壁头是个演员？"

"演什么的？叫啥名字？"

"不晓得啊，看不清楚，你看看遗像呢，个面孔倒是只熟面孔。"

"像是老演正派角色的？"

他们正在好奇，这里已经轮到他们了，于是他们拉上黑色口罩，收拾表情，屏息向里走去。

甬道两旁是铺天盖地的花圈，百合和白玫瑰，在外面看像鲜花，近了才发现是做工很好的绢花。大姑夫躺在一片花海之中，像盖被子一样盖着一床党旗，灰色中山装的领口露在外面。主持仪式的人朗声指导他们站住脚步，向遗体一鞠躬、再鞠躬、三鞠躬，然后绕场一周。走到侧面的时候，小草看到了大姑父蜡黄的面庞。大家都沉默着，绕过去，没有声音，不知道有没有人哭泣，来宾一字排开，跟亲属一一握手，像是接见，亲戚间有些尴尬，他们日常不这样。小草握了握静表姐的手,没有抬头,下一个要握手的是宜表姐,宜表姐突然抱住了她,小草憋不住了,她放声大哭。

她像一个刺杀不成的刺客被缴械了匕首,一切都失败了,此刻只剩下号啕,是唯一可做的事情。人在做唯一可做的事情时,就顾不得难为情,罗小草发出很大的哭声,在灵堂里格外响亮,一边用袖子胡乱地抹着鼻子眼睛,一边朝外疾走,她要走出礼堂,把所有人甩在后面,步子迈得极大,但她马上被一位穿着黑西装的工作人员拦住了。"请留下您的胸花。"对方彬彬有礼地说。

"等下咱们结束之后,从这儿走出去,出门右拐,您往西边走,离这儿大约一公里的地方,有家鱼头泡饼店,大伙儿一起吃个饭。"一个背着包的高个子男人张罗着对小草说,小草不认得他,擦着眼泪对他点点头,他应该是大姑父那一边的亲戚。后续的亲属也陆陆续续地出来了,他们相跟着朝外走去。越往外走,便越觉得有一片尘雾笼罩四周,空气中淡淡的蛋白质焦枯味,无处不在。这里的烟囱喷得很高,在殡仪馆里闻不到什么气味,到了略远处反而弥散开来。这就是他,我正在把大姑父吸进我的肺里,小草心想。亲戚们互相攀谈着，走得很慢，小草搀扶着大姑妈，就更慢了。

终于她们坐了下来，大包间里三桌人，大姑妈家的兄弟姐妹一桌，大姑父家的兄弟姐妹两桌，宜表姐和姐夫还在殡仪馆处理火化的事宜，迟迟未到。大姑妈一家都是好静怕事的性格，不喜社交俗套，三桌人也不寒暄走动。凉菜摆好，大家就吃起来。高个子男人走来，俯身请示姑妈：大嫂，您看这样安排合适不？要不，我让他们走热菜？

原来这是大姑父的弟弟，小草想，倒是好相貌，个子高，肩膀宽，瘦削，年岁这么大了，看着还笔挺，说话也很得体。小草这才意识到大姑父其实也是个大高个，他只是过早地发了胖，模糊了大家对他身形的感受。他们一大家族，兄弟五人，看着都高大、斯文，是好人家的子弟，那个人，只是姻亲，不影响她对大姑父的爱，小草再次松了口气。她看见包虎的女儿坐在另一桌上，穿了件黑色毛线开衫，腰身有点发福，满面倦容，也涂了一点口红，看起来是个普普通通的中年妇人，跟小草自己一样。她突然为她感到难过，她再也不想像小时候那样赌气走过去说你爸爸是个坏人了，她希望她永远不必知道这一点，而且她的爸爸，可能也并不比别人更坏。

　　鱼头泡饼上来了，气氛有些轻松起来，大家纷纷说着，大姑父活着的时候，顶欢喜吃就是胖鱼头，不过不是这种红烧，得白汤炖，放胡椒面儿和大把的香菜。有人趁机说了大姑父年轻时候学俄语的趣事，小草也说了跟静表姐爬到大姑父桌子上写蝌蚪文的事，连大姑妈都忍不住笑了。

　　小草的母亲坐在她左手边，过来倒茶的时候，她碰碰小草的胳膊，小声地问：刚刚，在那个殡仪馆里面，我怎么没看见你大姑父？

　　小草和她父亲都咦了起来，不就是在那里躺着的吗？你不是还对着他三鞠躬的吗？

　　我没看见他人啊，那里就是一堆花。

　　人在党旗里面，脸露在外面的，你没瞧见？

　　母亲摇摇头，但她很快说起另外一件事来。包虎今天没来，包虎病了。她眨着眼睛地向女儿轻声传递这个消息，听说，可能是胃癌。

　　他们吃完了饭，菜点多了，打包的时候大家又在惋惜慨叹，要是大姑父还在，这么好的鱼头，怎么可能剩下？

　　一群人鱼贯而出，他们握手，作别，兵分几路，回家的回家，回酒店的回酒店。小草领着一群老人叫车，他们人多，要订一辆七座商务车。车来了，刚要上车，父亲突然惊呼，哎呀不好了，我的行李，我忘记拿行李箱了。

小草愕然，这是中午吃饭的饭店啊爸爸，这不是我们住的酒店，我们现在开车去酒店取行李，我们的行李在酒店里面！酒店在景山，我们现在在八宝山。

哦哦哦，父亲应和着，笑了。糊涂了糊涂了，他说。小草突然一阵心酸，她父亲，那么聪明能干的一个人，永远在替所有人安排所有事的一个人，现在居然会惶惶地拍着口袋问她，我的包呢？

回程路上，一车六个老年人，热烈地说着他们年轻时候的事情，但是他们中起码有三个人先后问她，我们现在是要去哪儿？完全忘记了他们之前已经问过。

他们忘记了。忘记就忘记吧，小草想。今天实在是一场不错的道别。当你终于拥有了反抗的勇气，决定大战一场，而对手已经自行消失。时光的残忍，有时亦是一种慈悲。车窗外一路阳光明媚，照拂着习惯于首都交通拥堵的人们，胖胖的大姑父腾空而起，化作了一股轻烟肆行无碍凭来去。

这件事情本来就这样过去了，小草是这样以为的。

几个星期后，一天她回到父母家中，母亲正在忧心忡忡地刷着手机，见小草进门，她走过来，一脸忧戚地问：铁链女的新闻，你看到了吗？

肯定看到啊，天天刷屏的。小草打开鞋柜，掏出拖鞋换上。母亲还是忧心忡忡地看着她，你以后，不要买晚班飞机，你每次出差，坐晚上的飞机、火车，我都担心得睡不着觉，这个世界上拐卖妇女的人太多了。

我？拐卖我？妈妈！是有人拐卖妇女，但我是个奔五十岁的妇女了好吗？不会再有人肯拐卖我了好吗！

你懂什么？但凡你还是个女的！你不知道这世上有的人，就只要你是个女的！母亲的声音激动起来，高亢了。小草走进书房，她跟了进来。

那你当年怎么还把我丢给包虎呢？小草没忍住，语带讥诮地笑问，话刚出口，她就后悔了。

母亲不说话了，小草也不说话，一时间房间里很静。小草铺出画稿来，用毛笔慢慢地染色，母亲站在旁边看了一会儿，端起笔洗，说，你越画越好了，我帮你去换水好吗？

小草心里难过起来，难过像水渍一样，在宣纸上越洇越大，这种难过，有时会在夜里突然发作，但她选择性地遗忘了。这一刻，她想的是芽芽。